100 VÍAS HACIA LA ATENCIÓN PLENA

MOMENTOS felices

Querido lector:

¡Este libro que tiene en sus manos le traerá calma y felicidad! Seguramente le cueste creerlo y piense que es una meta inalcanzable, pero no lo es en absoluto. Al adquirir nuevas perspectivas y puntos de vista y aprovechar las pequeñas pausas que le ofrece la rutina diaria para dar a su vida la atención que merece, logrará que este libro cumpla su misión.

Encontramos la paz, el sosiego y la felicidad en la naturaleza, en el arte, al reunirnos con otras personas y también en los pequeños placeres. Nuestro objetivo es que se percate de ello. Al mismo tiempo, este libro contribuirá a que se libre de las preocupaciones y a que se abra a nuevas experiencias liberadoras.

El equilibrio interno empieza a nivel corporal. Por este motivo, el libro contiene ejercicios eficaces y propuestas de bienestar que le servirán para relajar el cuerpo y, así, abrirse a las emociones positivas. Todo empieza por la respiración profunda y consciente, en cuya práctica también le guiaremos más adelante. Asimismo le presentamos ejercicios de yoga y de taichí que liberan las tensiones y proporcionan bienestar.

En este libro también encontrará meditaciones que despejan el espíritu y pueden liberarle de pensamientos molestos. Al practicarlas con cierta asiduidad, conseguirá decir adiós a prejuicios y emociones dañinas. Además hallará numerosos consejos, trucos, recetas e ideas creativas, que podrá integrar en las pausas conscientes de su vida diaria.

Esperamos que disfrute leyendo este libro. Quizás le entren ganas de realizar algunos ejercicios suves o, incluso, practicarlos con frecuencia. Con el tiempo descubrirá que es posible apreciar la belleza del mundo de muchas maneras. En este sentido, esperamos que descubra una visión fresca y consciente de su entorno. La calma y la felicidad siempre están allí donde las busque.

¡Disfrute de la lectura!

1

«Las cosas solo tienen el valor que se les quiera dar».

— *MOLIÈRE (1622-1673)* —

2

¿SUERTE O FELICIDAD?

Hay culturas en las que las palabras *suerte* y *felicidad* son acepciones distintas de un mismo vocablo. El alemán, por ejemplo, no distingue claramente entre ambos conceptos.

La suerte acontece por casualidad: al estar en el momento apropiado en el lugar apropiado. Se trata, por ejemplo, de que nos encontremos una moneda en la calle, o de que lleguemos tarde a tomar el último tren pero este lleve retraso. ¡Son golpes de suerte!

Los golpes de suerte son completamente imprevisibles. No los deje pasar y disfrútelos al máximo. Alégrese: ¡acaba de tener suerte! Porque todas las cosas que le ocurren, por pequeñas que sean, llevan a la felicidad si decide tomárselas por el lado bueno o positivo.

Una vez empiece a apreciar esos instantes afortunados, se dará cuenta de los muchos momentos valiosos que vive a diario. Y además estará en el mejor camino hacia la felicidad.

Mis oasis de felicidad

El aroma del café recién hecho en la cocina acabada de limpiar, los primeros espárragos en primavera, relajarse una tarde de verano al aire libre, el olor de las agujas de abeto en adviento... La vida nos ofrece muchos pequeños oasis de felicidad a los que simplemente debemos prestar atención.

¿Qué momentos de su actividad diaria le hacen feliz? Permítase una breve pausa en la rutina y haga un viaje mental a sus oasis de felicidad particulares. Anote aquí unos cuantos. Cuanto más consciente sea de ellos, menor será el riesgo de que le pasen desapercibidos y los dé por sentados.

1. ....

2. ....

3. ....

4. ....

5. ....

6. ....

7. ....

8. ....

9. ....

10. ....

El ejercicio más importante:

Respirar

La vía más importante a la atención plena es muy sencilla: todo empieza por la respiración. Cuando nos centramos totalmente en respirar, nuestras fuerzas se concentran y regresamos al origen de la vida. Emprenda ahora su camino a la atención plena con un sencillo ejercicio:

» Elija un momento para sí mismo y cierre los ojos. No importa si está de pie, sentado o tumbado, porque siempre estamos respirando.

» No intente controlar ni dirigir nada. Limítese a observar cómo la respiración fluye tranquilamente. ¿Cómo siente el aire que entra en su cuerpo? ¿Cómo lo percibe cuando sale?

» La superficie corporal se mueve al respirar; quizás el movimiento principal se produzca en el pecho, o quizás en el abdomen. Concentre su atención en sentir el movimiento sin cambiar nada.

Una vez se haya familiarizado con su respiración, notará que es una fuente de tranquilidad para su vida. Eso es todo.

Colorear de forma creativa es un entretenimiento tan apreciado por los adultos como por los niños. Naturalmente, los motivos para los primeros son algo más ambiciosos; pero, en cualquier caso, colorear resulta divertido y relajante. Es una actividad creativa, aleja las preocupaciones de la mente y enfoca el espíritu en una sola cosa. Esto lo convierte en un ejercicio magnífico de atención plena que puede realizarse perfectamente tanto en casa, con total tranquilidad, como fuera, mientras toma un café o viaja en transporte público. ¿Es posible que colorear sea su nuevo remanso de paz?

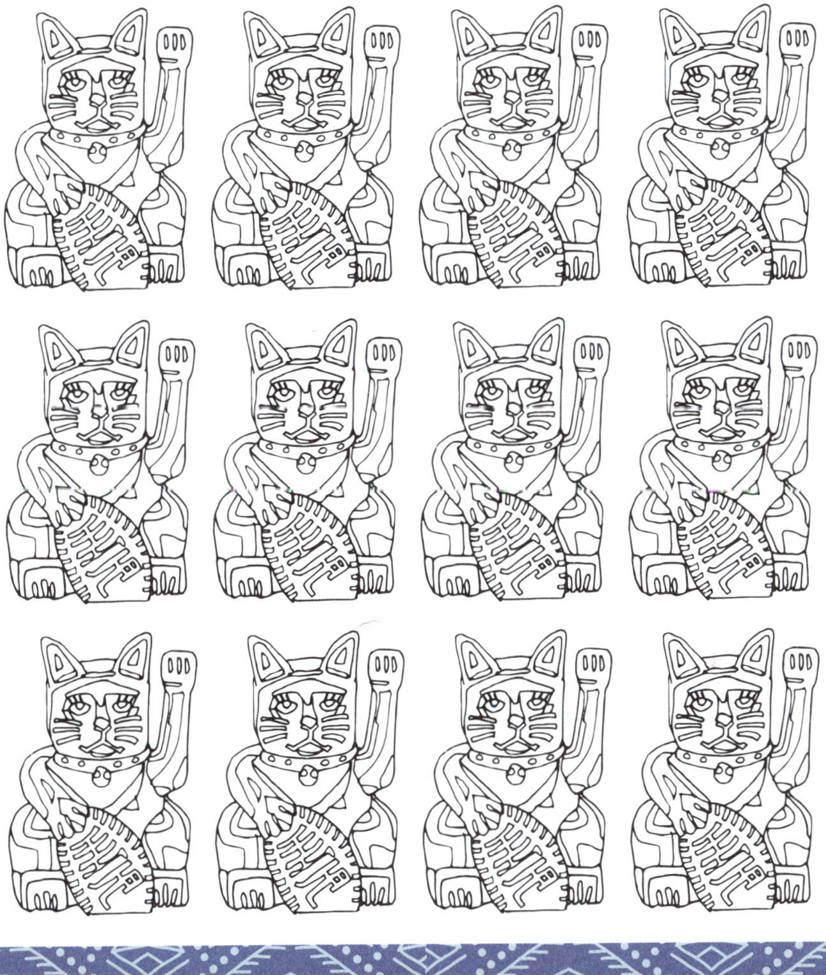

6

¿QUÉ SIENTE?

La piel es nuestro mayor órgano y la parte que registra más sensaciones. En general, solo prestamos atención a las sensaciones desagradables, a lo que nos molesta o nos resulta doloroso (por ejemplo, cuando aparece una quemadura solar o una reacción alérgica).

Pero nuestro entorno está lleno de cosas agradables: el viento que acaricia la piel cuando montamos en bici, la suavidad del edredón de plumas justo antes de levantarnos, la frescura del tejido de las prendas de verano. Preste atención a las sensaciones de todo lo que entra en contacto con su piel.

7

LA LISTA DE COSAS QUE LE GUSTAN

Hacerse un regalo: a veces no tenemos muy claro en qué consiste exactamente esta idea. ¿Me voy a pasar un fin de semana a un balneario de lujo, o me aburriré en un lugar así? ¿No sería mejor organizar un mercadillo de segunda mano? Los paseos de que tanto se habla, ¿son un buen pasatiempo para mis tardes de domingo o sería mejor que me fuera al cine?

Haga una lista de sus pasatiempos favoritos respondiendo a estas preguntas: ¿qué surte mejor efecto cuando está estresado? ¿Qué necesita cuando siente un vacío en su vida? ¿Con quién le gusta pasar su tiempo? ¿Qué le falta para ser feliz? Cuando se tiene a mano una lista de deseos, es mucho más sencillo centrarse en sí mismo y mimarse un poco.

EXFOLIANTE CORPORAL

Un exfoliante corporal sirve para eliminar las células muertas de la piel. Dedíquele un buen frotado de vez en cuando. El azúcar moreno proporciona la agradable sensación de un masaje, elimina las células muertas de la piel, y la deja rosada y bien hidratada. El aroma de la hierbaluisa aporta un toque de frescura a este exfoliante que usted mismo se puede preparar.

Ingredientes:

» 3 g de hierbaluisa fresca
» 100 g de azúcar moreno
» 10 ml de aceite de jojoba
» 1 ml de aceite perfumado de hierbaluisa

Se hace así:

1. Prepare y pese los ingredientes.
2. Pique la hierbaluisa bien fina; si trabaja a mano, macháquela en un mortero.
3. Ponga en un bol el azúcar, el aceite de jojoba, la hierbaluisa picada y el aceite perfumado, y mézclelo bien con las manos.
4. Pase la mezcla a un recipiente con tapa limpio y esterilizado (p. ej., hervido), y utilícela en su próxima ducha para hacerse una exfoliación refrescante.

9

Vivir en el ahora

Las esperanzas y expectativas determinan cómo orientamos nuestro futuro. Esperamos convertir un estado que no nos acaba de gustar en algo que nos resulte más agradable. Esto trae consigo muchos beneficios: si se desea un cuerpo de ensueño, se lleva a cabo una dieta a base de verdura y fruta y se va al gimnasio; los que quieren impresionar al jefe, preparan la próxima reunión a conciencia; quienes quieren un chal personalizado, aprenden a tejer y se ponen manos a la obra. Para los seres humanos es importante tener planes, porque nos inspiran y nos impulsan a actuar.

Pero es importante no perder algo de vista: lo que realmente también está transcurriendo es la vida. Su vida. Pasa ahora, no en el futuro. Y este es un motivo más que suficiente para recordar una y otra vez mantenernos centrados, respirar profundamente y decirnos: estás vivo. También ahora. Justamente ahora.

10

«Dale a cada día la oportunidad de ser el mejor de tu vida».

— MARK TWAIN (1835-1910) —

Se puede aprender a ser feliz

Se dice que las personas no cambian; por ejemplo, si se ha nacido pesimista, o uno se ha vuelto pesimista debido a los acontecimientos vividos, lo será siempre. Esta suposición es una de las peores que se pueden hacer.

Porque, como ya hemos aprendido, ser feliz depende completamente de la capacidad de reconocer y de prestar atención a los momentos felices. Por eso podemos sentirnos muy bien cuando vemos principalmente el lado bueno de las cosas.

El paso del tiempo nos lleva a reconocerlo cada vez mejor. Como ocurre con todo en la vida, se forma un hábito, uno muy deseable en este caso.

Quizás le apetezca dedicar un tiempo a escribir en un diario las cosas buenas que le han pasado a lo largo del día. O durante las conversaciones sobre cómo le va o qué tal le fue el día, dedíquese a mencionar siempre dos cosas buenas que le hayan ocurrido, como mínimo.

Si lo hace asiduamente, entrenará su capacidad de observar el mundo de forma positiva. Con la práctica, cada vez será más consciente de las cosas buenas, y pronto no querrá seguir viviendo sin ese nuevo filtro que está construyendo.

¿Qué pasa?

Nos levantamos con el pie izquierdo, se nos corta la leche al calentarla para el desayuno y el atasco de tráfico es interminable. En la oficina, las cosas no mejoran y, de vuelta a casa, las típicas discusiones de cada noche... Hay días así, días que uno preferiría borrar del calendario.

A veces los ánimos andan por los suelos sin un motivo aparente. Reaccionamos de forma agresiva o con miedo, y nos preguntamos por qué. Hágase la pregunta tranquilamente y con todas las letras: ¿qué me molesta?, ¿por qué no me siento bien?, ¿por qué hoy todo el mundo me pone de los nervios?

La respuesta suele aparecer sola; basta con que prestemos atención a lo que sentimos y busquemos el factor que rompe la armonía. Una vez que lo identifique, recuperará la fuerza para cargar con ello y relacionarse de forma más feliz y relajada con sus congéneres.

EL PRINCIPIO IDEAL

Muchas personas se preguntan si han dormido bien y cuánto han dormido. Es normal, puesto que dormir bien es una condición fundamental para tener un día satisfactorio. Y casi igual de importante es preguntarse «¿Cómo me he despertado hoy?».

¿Cómo sería disponer de más tiempo para despertar del que nos permitimos normalmente? ¿Quedan restos de un sueño sobre el que quisiera meditar un rato? ¿Qué opina esta mañana del problema que le preocupaba tanto anoche? Y sobre todo: ¿cómo siente la cama, el suave edredón, las distintas partes de su cuerpo descansado (o eso esperamos)?

Acostúmbrese a tomarse unos minutos tranquilos antes de levantarse. Respire un par de veces sin pensar en el teléfono móvil ni en las noticias de la mañana. Estírese a gusto y disfrute pensando en el café o el té y en el desayuno. De este modo, empezará el día con buen pie, traiga lo que traiga después.

«CHAI LATTE OVERNIGHT OATS»

Un desayuno sabroso y saludable es la manera perfecta de empezar el día. Concédase tiempo suficiente para masticar y saborear. ¿Que necesita dedicarle poco tiempo? Ningún problema; entonces la clave está en la preparación. Con la avena «overnight» puede dejar preparados casi todos los ingredientes la noche anterior para poder disfrutar del desayuno por la mañana.

Ingredientes para 1 persona:

40 g de copos de avena suaves
125 ml de leche
1 cda. de salvado de avena
1 cda. de semillas de chía
1 cdta. de Chai Latte instantáneo
1 pizca de sal
1-2 cdtas. de miel
Fruta fresca, al gusto
Un bote de cierre hermético

Ponga en el bote todos los ingredientes excepto la fruta. Ciérrelo y agítelo con fuerza hasta que se hayan mezclado de forma homogénea.

Deje el bote en el frigorífico toda la noche y sírvalo para desayunar a la mañana siguiente, frío o caliente, y con la fruta fresca.

16

UN LUGAR bajo el sol

La luz del día es imprescindible para un buen estado de ánimo y también para la salud corporal. El sol favorece el crecimiento y el desarrollo, incluso en nosotros, los adultos. Por eso, lo principal es dejar entrar al astro rey. Y esto no solo en sentido figurado, sino también literalmente: hay que dejar entrar la luz solar en todas las estancias de nuestra casa. Descorrer las cortinas, abrir las ventanas y subir las persianas: de eso se trata. También hay que salir a tomar el sol, cuando brille, especialmente en los días cortos del año, cuando es poco habitual que salga.

No valen las excusas del tipo «no tengo tiempo» o «no me apetece». Y, como siempre, bastan un par de minutos (por ejemplo, durante la pausa del almuerzo). Muchas veces, esos minutos dan ganas de más y nos motivan a disfrutar de la luz del día y del sol en la próxima ocasión.

17

«Lo menos frecuente en este mundo es vivir. La mayoría de la gente existe, eso es todo».

— OSCAR WILDE (1854-1900) —

ELOGIARSE UNO MISMO

Las personas que nos rodean a menudo reaccionan con susceptibilidad cuando se nos escapa que hemos descubierto que algo nos ha salido bien, que nos resulta fácil o que tenemos un talento para ello. Elogiarse uno mismo suele estar mal visto y socialmente está considerado como una falta de modestia, lo cual, en ciertas situaciones, es cierto.

Sin embargo, reconocer nuestras virtudes y sentirnos orgullosos por ser buenos en algo tiene un efecto sanador beneficioso. No es necesario hacerlo público ni gritarlo a los cuatro vientos, pero sí es bueno decírnoslo a nosotros mismos, susurrárnoslo para que quede entre nosotros.

Observe a fondo sus virtudes y capacidades y preséntelas de forma positiva, aunque no esté preparando la solicitud para conseguir un nuevo empleo. Alégrese de ser quien es y de ser capaz de hacer lo que hace.

VENTANA PRIMAVERAL

Las actividades creativas son muy importantes para llevar una vida rica y plena. Al realizarlas, se recibe información a través de los ojos, el tacto, los oídos y la nariz. Preste toda su atención a lo que hace y concédase un momento de tranquilidad para crear su obra. Y cuando la termine a su gusto, tendrá motivos más que suficientes para regalarse un pequeño y merecido elogio, como indica la vía 18, por la belleza de su obra. Puede variar la decoración de esta ventana a lo largo del año, cambiando los colores y disfrutando del aroma de las flores de cada estación.

Tamaño: aprox. 30 x 30 cm

Material:

» 6 ramas, lo más rectas posible, de 30 cm de largo, 4 x ø 15 mm y 2 x ø 5 mm

» Ramas de abedul finas y flexibles

» Ramas de alerce con varias piñas

» Mariposas decorativas con pinza para fijarlas, de 7 x 7 cm

» 3 tubos de ensayo, de ø 2 cm y 19 cm de largo

» Flores frescas pequeñas (p. ej., de enredadera, peonias o verbena)

» Cordel para atar, de color crudo, grosor medio y 20 m de largo

» 8 clavos finos de 1 cm de largo

Además:

» Cola para madera

» Sierra

» Tijera de podar

» Martillo

1. Sierre en ángulo (unos 15 mm) los extremos de las cuatro ramas de 30 cm de largo y 15 mm de ø, para que encajen entre sí en las esquinas. Encole las esquinas y refuerce los ángulos con un clavo en la parte posterior.

2. Para formar los travesaños, haga una cruz con las otras dos ramas de 30 cm de longitud. Clávela centrada en el marco de la ventana.

3. Para colgarla, corte dos trozos de cordel de unos 50 cm de longitud y átelos a la parte superior del marco de la ventana formando un lazo con cada uno.

4. Decore el marco con las flores, las piñas y los tubos. Enrolle las ramitas de abedul alrededor del marco y los travesaños de la ventana, y rodee las ramas de alerce con las piñas en la parte inferior derecha del marco. Envuelva los tubos de ensayo con varias vueltas de cordel y átelos uno debajo de otro en un lateral de la ventana: uno al marco superior, otro al travesaño horizontal y el tercero al marco inferior.

5. Vierta un poco de agua en cada tubo y disponga las flores en ellos. Por último, fije las mariposas decorativas al lado opuesto del travesaño horizontal.

PEQUEÑOS MOMENTOS, buenos recuerdos

A menudo atesoramos los pequeños momentos y olvidamos el trasfondo de los hechos. Tan solo una única escena es lo que queda en nuestra memoria después de ver una película de dos horas de duración; solo recordamos un animal de los que hemos visitado en el zoológico, y únicamente una idea ha dejado huella en nuestro pensamiento después de haber mantenido una larga conversación con un amigo.

Son estos pequeños momentos los que iluminan el alma y marcan puntos brillantes en el gran río de nuestras vidas. No es necesario hacer nada, excepto darle una oportunidad al momento, al aquí y al ahora. No hay nada que corregir, que resumir, que ordenar, que valorar. Basta con estar aquí y ser conscientes de ello.

¡Adiós al dolor de cabeza!

El dolor de cabeza es una señal de aviso que envía nuestro cuerpo cuando, por ejemplo, estamos en tensión o adoptamos una postura incorrecta. Para resolver los casos leves de dolor de cabeza, suele bastar con beber líquidos, hacer una breve pausa en la actividad que estemos haciendo en ese momento y darnos un breve masaje de digitopuntura.

El mejor punto para que la acupresión resulte eficaz es la zona del borde externo de las cejas. Con cada dedo corazón, presione firme y suavemente estas zonas, al menos durante un minuto. Después vaya incrementando progresivamente el grado de presión y preste atención a las reacciones y señales que le envía su cuerpo. Repita según sus necesidades.

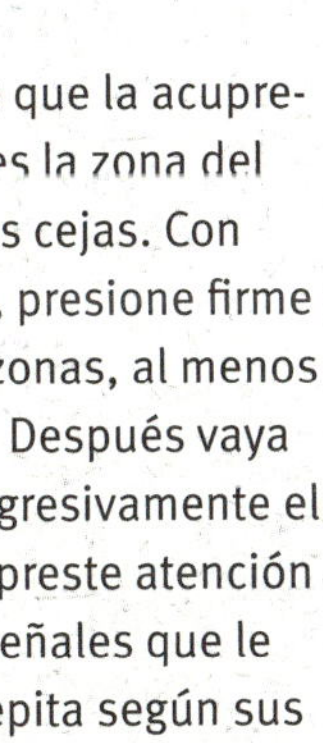

«¿Qué tal?» es una de las expresiones más habituales para iniciar una conversación. Para la mayoría de nosotros, solo se trata de una muletilla a modo de saludo inicial, y lo último que esperamos es conseguir una respuesta larga y detallada. Forma parte de las costumbres sociales, y es un buen hábito.

Sin embargo, resulta mucho más agradable responder a esta pregunta a conciencia. Por ejemplo, cuando unos buenos amigos han quedado para verse, se interrogan unos a otros y realmente se esfuerzan en comprender y deducir lo que le mueve, le alegra o le preocupa a su amistad. Y la misma atención nos gustaría esperar cuando somos nosotros quienes contamos nuestra historia al prójimo. Se trata de una expresión de confianza y compasión. Porque si hay algo que debemos tener claro es que nuestra vida es demasiado valiosa para desperdiciarla con disputas.

«¿Y tú?»

TRAZAR CÍRCULOS

Con el siguiente ejercicio de taichí de calentamiento y relajación se mueve todo el cuerpo y se logra mayor elasticidad. Sienta cada movimiento y realícelo lenta, tranquila y controladamente.

» Colóquese en la posición básica del taichí, con los pies paralelos a la anchura de los hombros y las rodillas ligeramente flexionadas. Los brazos cuelgan relajados a los costados, y la cabeza y la columna vertebral están erguidas.

» Mueva los hombros de modo alternativo trazando círculos amplios hacia atrás, dejando que los brazos cuelguen relajados. Se trata de un movimiento parecido al de la natación de espalda, pero sin brazos: en él participan la columna, las caderas y las piernas, que se mueven en grandes círculos.

» A continuación, realice círculos amplios con la pelvis, manteniendo el torso erguido. Disfrute notando el movimiento de las articulaciones de la cadera, que cada vez será más amplio.

» Después, apoye las manos en las rodillas y adelante el torso de modo que las sobrepase ligeramente. Haga pequeñas rotaciones suaves en ambas direcciones con las rodillas y los tobillos para dar flexibilidad a estas zonas del cuerpo. Evite trazar círculos demasiado amplios o rápidos, porque las rodillas no están hechas para desplazarse de este modo.

» Invente sus propios ejercicios para conseguir una mayor flexibilidad en codos y muñecas trazando círculos.

«Cuanto más pienses, cuanto más hagas, mayor será el tiempo vivido».

— *IMMANUEL KANT (1724-1804)* —

¿CONOCE EL REBAP?

Todos los que se adentran en la atención plena acaban cruzándose con el biólogo americano Jon Kabat-Zinn, que desarrolló la forma moderna partiendo de las meditaciones del Lejano Oriente.

Hace casi 40 años que fundó la Stress Reduction Clinic, un centro donde se trata a los pacientes con la técnica que desarrolló, la «Reducción del estrés basada en la atención plena», actualmente también conocida con las siglas REBAP o como *mindfulness*.

Desde entonces han surgido muchos centros de formación y se imparten diversos cursos de REBAP en institutos. Comprenden los primeros ejercicios para aproximarse a la atención plena, como el escaneo del cuerpo *(body scan)* y meditaciones ligeras. Debido a que algunos estudios clínicos han demostrado la eficacia de la atención plena, muchas mutuas sanitarias participan en estos cursos.

Buen instinto

Una vez se haya tomado el tiempo necesario para sentir su respiración un par de veces sin tratar de controlarla, ya podrá pasar a realizar ejercicios más avanzados para dirigirla.

Seguramente le pasa lo mismo que a muchos de quienes le rodean: el ajetreo del día día hace que su respiración sea solo superficial, de modo que apenas llega a las regiones más profundas de los hombros y el pecho.

Para realizar este ejercicio, túmbese boca arriba y relaje el cuerpo, en especial los hombros. Un buen truco para conseguirlo consiste en alejar los hombros de las orejas lo máximo que pueda y después relajarlos. Luego, coloque una mano en el abdomen por debajo del ombligo y la otra por encima.

El objetivo de este ejercicio es lograr que la distancia entre ambas manos aumente al realizar una respiración abdominal todo lo profunda que le sea posible. Cuanto más relajada sea la inspiración, mayor será la separación entre sus manos.

COSAS A LAS QUE RENUNCIAR

Cuando lo pensamos con detenimiento, nos damos cuenta de que podríamos renunciar tranquilamente a muchas de las cosas a las que aspiramos: el esperado ascenso laboral, la limpieza de la casa a fondo pendiente, una costosa reunión familiar... A veces ponemos nuestras esperanzas en cosas que dependen de agentes externos y nos conformamos porque pensamos que es como debe ser. Concéntrese un momento y piense en las cosas a las que renunciaría si pudiera elegir libremente:

1. ....
2. ....
3. ....
4. ....
5. ....
6. ....
7. ....
8. ....
9. ....
10. ....

Ver y esperar

Esta antigua expresión contrasta con la actualidad, donde las ideas de eficiencia, productividad y resolución de problemas tienen sentido si se llevan a la práctica en el menor tiempo posible. ¡Pero esto es falso!

Porque justamente es mientras se espera con tranquilidad cuando aparecen las ideas más productivas para un nuevo proyecto y las soluciones más adecuadas para resolver un problema. ¿Acaso no le ha pasado alguna vez que el sistema del ordenador se le cuelga y deja de responder a las teclas aunque las presione con fuerza? Concédase tiempo para tomar un café (mejor, una infusión de hierbas), calme a la bestia y después siga con su trabajo.

En general, no conocemos todos los detalles de una situación. Algunas correlaciones y muchos detalles no se manifiestan hasta pasado un tiempo.

Por eso, la persona paciente, que sabe esperar, está en clara ventaja. Pero no lo confunda con hacer el vago y dejar que las cosas sucedan. Es cuestión de hacer las cosas en el momento adecuado, lo que lleva al siguiente proverbio...

Chocolate caliente

Tanto si somos de los que toman un café o una infusión de hierbas mientras esperan, está claro que la bebida que aporta mayor felicidad es el chocolate caliente, ¿verdad? Una pausa consciente con una taza humeante de esta deliciosa bebida siempre sienta bien.

Pero no se limite simplemente a remover el cacao en polvo en leche caliente. Celebre este gesto, y mejor en agradable compañía. Para preparar dos tazas de chocolate casero auténtico, cremoso y celestial, monte 50 ml de nata y ralle 60 g de cobertura de chocolate negro (70 % cacao). Corte una vaina de vainilla por la mitad longitudinalmente, raspe la pulpa y póngala en un cazo junto con la vaina y 400 ml de leche. Llévelo todo a ebullición brevemente. A continuación, sin dejar de remover, eche el chocolate rallado y derrítalo en la leche. Si lo desea, añada un poco de azúcar y siga removiendo. Retire la vaina de vainilla, vierta el chocolate en las tazas y sírvalo con la nata montada por encima.

EN SEGUNDO plano

Cuando esperamos en la calle, por ejemplo, a que cambie el semáforo, o cuando realizamos un trayecto habitual en autobús o en tren, solemos dejar pasar las imágenes sin fijarnos en nada en concreto.

Pero lo cierto es que hay muchas cosas por descubrir, como detrás de los árboles o en las casas y verjas sobre las que se posa su mirada. ¿Qué hay en segundo plano? ¿En qué edificios, jardines o plazas de camino al trabajo no ha reparado nunca, a pesar de pasar cada día por delante? Pronto se dará cuenta de que algo que le parece aburrido y monótono adquiere, de repente, nueva vida y se vuelve interesante porque lo contempla con atención.

33

TIEMPO DE ROSAS

Algunos momentos verdaderamente felices van acompañados del dulce aroma de las rosas. Un poco de aceite de rosas en la bañera o un par de gotas de aceite esencial en el aromatizador pueden hacer milagros tras un largo día. El aroma de estas flores tiene un efecto calmante y levanta el ánimo. Aplíquese una loción corporal de rosas tras un baño o lleve una botellita de aceite de rosas en el bolso y, en los momentos difíciles, huélala brevemente para recuperar la calma o antes de practicar un ejercicio de respiración.

¡Gracias!

Considerado objetivamente, un cumplido es algo bonito: alguien me dice que algo me ha salido bien, que le gusta algo de mí, de mi casa, mi jardín, mi nuevo peinado. Pero, curiosamente, son contadas las ocasiones en que sencillamente aceptamos estas muestras de aprobación, en lugar de relativizarlas añadiendo, por ejemplo, «¿Lo dices en serio?», «¡Es casualidad!», «Que no, que tu casa es mucho más bonita que la mía». Es lo que nos oímos decir en nuestro interior y lo que creemos, e incluso pensamos.

Pero, mirándolo bien, aceptar un cumplido tal cual es un regalo maravilloso. Y responder a ese comentario de alguien a quien ha alegrado nuestra forma de ser o actuar también es motivo de satisfacción y orgullo.

Por eso debemos observar y ser conscientes de cómo nos comportamos y comprobar simplemente qué se siente al decir, por ejemplo, «Gracias, opino lo mismo».

¡A TODO VOLUMEN!

La música afecta a nuestro estado de ánimo como pocas cosas. Escuchamos tristes canciones de amor tras una ruptura sentimental, y hacemos las aburridas tareas del hogar mucho más rápido que cuando nos ponemos nuestra música preferida. Y mejor bien alta...

Tamaño: aprox. 23 cm de largo, ø 7,5 cm (sin patas)

Material:

» Lata de patatas chips vacía, de 23 cm de alto y ø 7,5 cm

» Tela de algodón (en el ejemplo, negra estampada con colibríes) de 24 x 30 cm

» Cordón amarillo neón de 75 cm de largo

» Pintura en espray de color amarillo neón

» 2 palitos de helado

Además:

» Papel de periódico (para cubrir la mesa)

» Cúter y tabla para cortar

» Tijera de costura

» Cinta adhesiva de doble cara

» Cola caliente

» Mascarilla

» Guantes desechables

1. Con la ayuda del cúter y la tabla de cortar, haga una abertura del grosor de su teléfono móvil en el centro de la lata de patatas. Sujete el móvil junto al tubo un momento para comprobar que las dimensiones de la abertura que acaba de hacer son las correctas.
2. Coloque la cinta adhesiva alrededor de todo el tubo, envuélvalo con la tela y péguela bien estirada (previa

mente la habrá cortado del tamaño indicado en la lista del material. Asegúrese de que la tela queda a ras de la abertura superior de la lata y de que sobra un poco por la parte inferior.

3. A continuación, con la cola caliente, pegue un trozo de cordón alrededor la abertura de la lata donde va la tapa y otro alrededor de la abertura que ha hecho usted.
4. Póngase la mascarilla y los guantes, y coloree la tapa y los palitos de helado de modo uniforme con la pintura en aerosol en una habitación bien ventilada. Déjelos secar.
5. Doble hacia dentro la tela sobrante al pie de la lata y después colóquele la tapa pintada.
6. ¡Su altavoz ya está casi listo! Para darle estabilidad, solo ha de hacer una cruz con los palitos de helado y pegarlos con la cola caliente en el centro de la lata, como en la imagen. Busque su canción favorita, coloque el móvil en el altavoz y ¡a bailar!

36

¡Solo cinco minutos! ¿Solo cinco minutos?

Parece muy fácil permanecer sentado cinco minutos para practicar la atención plena, pero después uno se levanta con los mejores propósitos. Una vez nos sentamos, nos damos cuenta de lo largo que puede hacerse este breve periodo de tiempo, y antes de que finalice nos levantamos, ya sea porque nos duela la espalda, las piernas no quieran estarse quietas o nos entren ganas de levantarnos y salir corriendo.

Todo esto es comprensible, porque después de un largo día ajetreado, sentarnos sin hacer nada nos resulta especialmente difícil. Se necesita un tiempo para acostumbrarse, pero con un poco de paciencia y perseverancia acabará por considerar necesarios sus cinco minutos.

37

«QUIEN PRETENDA UNA FELICIDAD Y SABIDURÍA CONSTANTES, DEBERÁ ACOMODARSE A FRECUENTES CAMBIOS».

– CONFUCIO –

Paseo meditativo

La meditación caminando es una forma muy accesible de meditar. Estando en movimiento, uno se abre a las sensaciones del entorno. Esta forma de meditar que proponemos consiste en desplazarse avanzando de una manera muy lenta y atenta.

Es más agradable y beneficioso practicarlo rodeados de la naturaleza, independientemente de si estamos en las montañas, en un parque del centro de la ciudad o en la playa. Cuando nos movemos de forma atenta y parsimoniosa, deteniéndonos de vez en cuando, incluso cerrando los ojos y escuchando, percibimos mucho mejor la belleza de la naturaleza y notamos su efecto en nuestro cuerpo.

Perciba su entorno con todos los sentidos. El bosque huele a bosque, pero ¿de dónde procede realmente ese olor? ¿Qué sonidos percibe? ¿Qué sensación le produce el aire acariciando su piel? Adéntrese en un intenso diálogo con su entorno, que quizás lleva demasiado tiempo sin contemplar.

LA FELICIDAD PROVIENE DEL INTERIOR

Quizás el descubrimiento más importante que hacen los que empiezan a practicar la atención plena es darse cuenta de que la felicidad no depende de las situaciones ajenas a nosotros. ¿Acaso no es el mejor incentivo para intentarlo?

Cuando tenemos acceso a los recursos interiores, en lugar de sentirnos bien en función de lo que nos salga bien o de lo que tenemos, disponemos de una gran riqueza. Esta riqueza es a la que debemos acudir, especialmente en los periodos más duros de la vida.

Nuestra situación vital, nuestras relaciones personales y nuestros ingresos pueden cambiar, pero nada nos impide seguir adelante centrados, con un espíritu firme y aceptando las cosas tal como son. Es el mejor regalo que nos puede hacer la vida.

Atención plena en la rutina

Incluso en actividades muy livianas, como limpiar, pueden encontrarse la atención y la belleza. Con la siguiente propuesta, relacione el acto de limpiar la cocina o el baño con la elaboración propia de un producto de limpieza. El simple hecho de remover ya es divertido, y con ello, limpiar también lo es un poco. Y no se trata de un producto de limpieza cualquiera, sino de una **leche limpiadora de vainilla y amapola** de olor maravilloso y sin productos químicos. ¡Disfrute de la próxima sesión de limpieza!

Ingredientes:

» 45 g de yogur natural
» 1 tubito de aroma de vainilla
» 25 g de azúcar
» 10 g de semillas de amapola
» Un poco de leche
» Un frasco o una botella de boca grande

Instrucciones

Mezcle en un cuenco el yogur natural con el aroma de vainilla, el azúcar y las semillas de amapola. Diluya un poco la consistencia de la mezca con un poco de leche, y pásela al frasco o botella. Si lo desea, pegue en el envase una bonita etiqueta que informe de su contenido.

Uso

Vierta un poco de leche limpiadora en la superficie a tratar. Con una esponja húmeda, frótela trazando círculos. Elimine el producto sobrante. Aclare bien la superficie con agua y luego séquela bien con un paño.

¡Atención!

Tenga cuidado con la vitrocerámica. Es preferible limpiarla con un preparado sin semillas de amapola, y probarlo antes en una pequeña superficie.

Información

Esta leche limpiadora tiene una fecha de caducidad reducida. Debe guardarse en el frigorífico separada de los alimentos, claramente etiquetada, y utilizarse en los próximos días.

41

PIES RELAJADOS, sueño saludable

La medicina india nos ofrece el siguiente truco para conseguir una relajación agradable y un sueño profundo: calentar brevemente al baño maría 2 cucharadas de aceite de sésamo y realizar un masaje intenso en los pies con el aceite tibio. Después, ponerse unos calcetines de lana gruesos y acostarse. El sueño profundo hará que a la mañana siguiente se despierte fresco y recuperado.

42

LAS ESPECIAS ANIMAN

Las hierbas aromáticas dan gusto a sus platos y un toque de alegría a su vida. Procure saborearlas con atención una y otra vez. Las hierbas culinarias, como el perejil, la albahaca y la menta, no solo son sabrosas, sino que además regalan momentos de atención y meditación al cultivarlas. Regar, quitar las hojas secas, cosechar, disfrutar del aroma... ¡qué maravilla! Y lo mejor es empezar, no con una planta, sino con las semillas, para poder seguir desde el principio la curiosa vida del vegetal.

¿Conoce la sensación que nos invade cuando nos espera una tarea desagradable, como presentar la declaración de impuestos o mantener una conversación incómoda, o cuando hemos ido aplazando demasiado tiempo ordenar un espacio, haciendo que cada vez parezca más agobiante e inabarcable? Existe una palabra que define este tipo de situaciones: procrastinar.

Forma parte de la naturaleza de la mayoría de las personas buscar excusas para aplazar las cosas, hasta que estas se vuelven urgentes y ya no queda otra más que ponerse a ellas de inmediato. O hasta que surja el momento perfecto. La experiencia demuestra que el asunto en cuestión acostumbra a no ser ni la mitad de grave una vez se empieza.

Por eso debería disfrutar más de la agradable sensación que se consigue una vez haya terminado. Sería una pena dejar que sus pensamientos se centraran directamente en la próxima tarea. Celebre un poco el valor y la disciplina de los que ha hecho acopio y disfrute del orden en el despacho, de una reluciente cocina o del ambiente despejado tras una discusión. ¡Conseguido!

Como una mimosa

¿Conoce las mimosas? Son plantas delicadas y muy sensibles cuyas hojas se enrollan rápidamente para protegerse cuando alguien las toca. No se trata de que se agazape a la más mínima ocurrencia, pero el ejercicio de yoga de la hoja plegada lo ayudará a centrarse en su interior y a desconectar completamente del mundo. El ejercicio también sirve para estirar la musculatura de la nuca y entre los omoplatos.

Se practica así:

1. Arrodíllese sobre una superficie blanda, como una esterilla de yoga, y siéntese sobre los talones. Lleve el tronco ligeramente hacia delante.
2. A continuación, incline el tronco aún más hacia delante y abajo, hasta apoyarlo sobre los muslos. Descanse la frente en la esterilla. Lleve los brazos hacia atrás y acérquelos al cuerpo, con las palmas de las manos mirando hacia arriba.
3. Quédese en esta posición y realice al menos diez respiraciones profundas. No tenga prisa por finalizar el ejercicio, y suspéndalo solo si nota dolor en las rodillas.
4. Enderécese muy lentamente y regrese a la posición sentada. Imagínese que es una mimosa o una hoja de helecho que despliega toda su belleza.

Sugerencia:

Si es un principiante, también puede hacer este ejercicio sentado. Para ello, debe sentarse relajadamente sobre la esterilla, acercar las rodillas al torso y abrazarse las piernas. Inclínese hacia delante hasta apoyar la frente en las rodillas y déjese caer relajadamente hacia delante. ¿Nota cómo se relajan sus omoplatos? Mantenga esta posición mientras realiza, al menos, diez respiraciones profundas.

ACEPTAR

«Tomarse las cosas tal como son»: qué fácil decirlo, ¿verdad? Pero en realidad se trata de un objetivo difícil, una meta a veces inalcanzable en el quehacer diario. Hay cosas que nos irritan, ya sean nuestras o del prójimo: de las personas que nos cruzamos en la carretera, en la oficina, en la reunión de padres, de todo aquel con quien discrepamos. Pero también de nuestros amigos, que no siempre se comportan como esperamos de ellos o como consideramos correcto.

Aceptar no significa aprobar. Significa no tomarlo como algo personal ni quebrarse la cabeza por las cosas que no podemos cambiar. Significa dejar que los demás tengan sus razones, por mucho que para nosotros resulten del todo inexplicables. La verdad es distinta para cada uno, y la nuestra no es la única válida.

BOLAS DE FRAMBUESA PARA EL BAÑO

Un baño caliente con un aroma agradable es un ejercicio de relajación y de atención plena todo en uno –especialmente si antes ha preparado el aditivo aromático. Sienta la calidez del agua en cada parte de su cuerpo, huela el aroma de frambuesas y disfrute de unos minutos de paz y tranquilidad.

Ingredientes:

- 100 g de bicarbonato
- 50 g de ácido cítrico
- 25 g de almidón de maíz
- 30 g de grasa de coco
- 5 ml de aceite de pepitas de uva
- 10 ml de aceite de esencia de frambuesas
- Colorante alimentario rojo
- Moldes (p. ej., de cubitos de hielo) o pinzas para hacer bolas de helado

Instrucciones

1. Prepare los ingredientes y moldes.
2. Pese el bicarbonato, el ácido cítrico y el almidón de maíz, y póngalos en un cuenco. Mézclelos bien.
3. Derrita a fuego lento la grasa de coco. Retírela y añádale el aceite de uva y, después, la mezcla de bicarbonato, ácido cítrico y almidón de maíz. Por último, agregue el aceite de frambuesas y un poco de colorante rojo.
4. Amase bien todos los ingredientes, de modo que la mezcla tenga una consistencia similar a la de la arena húmeda.
5. Llene con ellas los moldes haciendo presión, o forme bolas de masa con las pinzas.
6. Si utiliza moldes, déjelos en el refrigerador un poco.
7. Sáquelos del refrigerador y desmóldelos con cuidado.
8. Vuelva a colocar las bolas de baño en el refrigerador para que acaben de endurecerse.

48

Porque yo lo valgo

Mucha gente conoce esta sensación: no puedo quedarme sentado, tengo que hacer algo, siempre he de tener un proyecto entre manos. Cuando me siento mejor es cuando he cumplido mis obligaciones y consigo que mi vida funcione igual que un mecanismo bien engrasado. Cuando me siento más en paz es cuando hago algo bueno para otros; pocas veces se trata de mí.

Si esto le suena, déjenos decirle esto: puede aprender y entrenarse en hacer algo bueno para sí mismo. Puede aprender a darse un respiro sin remordimientos, a comer algo especial (incluso sin acompañante), a permitirse algo inusualmente caro. Y tranquilo, ¡porque usted lo vale!

49

UNA PAUSA FLOREADA

¡El amarillo aporta felicidad! Está demostrado científicamente que el color amarillo tiene un efecto positivo sobre el estado anímico. Así que, en primavera y verano, reserve tiempo para salir a pasear con cierta frecuencia por la naturaleza, porque oxigenarse bien es muy importante para el bienestar. Vuelva a ser un niño, camine descalzo por el prado, coja dientes de león y, sencillamente, disfrute del momento. El jarrón lleno de flores recolectadas, ya sea en casa o en la oficina, le recordará su pequeña excursión y dará color a su rutina diaria.

EL OTRO DÍA EN LA COCINA

«¡¿Practicar la atención plena al pelar?!», ok, lo pruebo con las zanahorias. Y con el bonito cuchillo japonés de hoja cerámica.

Siento las zanahorias bajo mis dedos, lo bien afilado que está el cuchillo. Qué majo Pepe, al traérmelo. Mira que acostumbra a tirar el dinero al tuntún, pero esto... ¡Eh! ¡espera un momento! Mi intención era centrar el pensamiento en las zanahorias...

El otro día vino con otra taladradora, simplemente porque salían baratas. Eso ya no me hizo tanta gracia. Pero tengo que centrarme en cortar las zanahorias...

Tener, tener... tampoco «tengo que...». Bueno: sencillamente, voy a cortar las zanahorias y a respirar. Inspiro y espiro.

Quizás el aparato para taladrar le podría servir a una familia de refugiados del barrio. Puedo preguntarles. Así también empezamos a conocernos. Se les ve tan poco...

¡Basta! Yo quería cortar zanahorias. ¿Cuánto hace que se instalaron aquí? Ya debe de hacer un par de meses. ¡Corta, corta! Bueno, ya he acabado.

¿Ha sido esto atención plena?

Da igual. ¡Mañana repetimos!

52

Pequeñas PAUSAS

Quizá sea una flor en el camino, o una fotografía especialmente bonita que encontramos entre viejas cartas. También puede tratarse de una prenda de vestir extravagante que hayamos visto en un escaparate lo que nos invite a soñar.

Estos pequeños momentos son las pausas que anhelamos, que nos permiten un respiro. Para percibirlos solo tenemos que mantenernos atentos y mirar bien, observar hasta que la imagen nos llegue realmente. Son estas pequeñas pausas las que a veces nos devuelven a la vida de la que nos ha arrancado el ritmo trepidante del día a día.

53

«La felicidad no está en un cielo siempre despejado, sino en las pequeñas cosas diminutas con las que organizamos nuestra vida».

— CARMEN SYLVA —
(1843-1916)

El ejercicio de las pasas

Este ejercicio permite visualizar claramente cómo funciona y actúa la atención plena. Coja una uva pasa y obsérvela. ¿Qué aspecto tiene? ¿De qué color es?

Ahora, con un dedo, presiónela un poco. ¿Qué siente? Pásela por debajo de su nariz. ¿A qué huele? ¿Qué sabor cree que tendrá: dulce o amargo?

Ahora acérquese la pasa a un oído y frótela entre el pulgar y el índice. ¿Qué oye? ¿Qué sensación le causa el sonido que percibe?

Ahora llévese la pasa lentamente a los labios. ¿Cómo la sienten? Luego métasela en la boca. ¿En qué parte de ella la ha alojado? ¿Y qué sabor le proporciona este primer contacto completo? Preste atención a su respiración. Después, empiece a masticar la pasa, poco a poco pero durante un buen rato. ¿A qué sabe ahora? Al final de este proceso, sentirá la necesidad de tragar. Hágalo con total confianza; del resto ya se ocupará su cuerpo maravillosamente.

BOLITAS ENERGÉTICAS DE PASAS

Los catadores avanzados y atentos pueden hacer el ejercicio anterior de las pasas con los siguientes «paquetitos energéticos». Pero no los frote entre los dedos; en vez de ello, abra todos sus sentidos durante el proceso de elaboración. ¿Qué sonido hacen los trocitos de pasas al asarse? ¿Cómo se transforma la pasta al cocerla? ¿Qué se siente al presionar las pasas? ¿Cómo huele la cocina mientras hace las bolitas? Y, naturalmente, ¿a qué saben? Si no le gustan las pasas, puede cambiarlas en ambos ejercicios por albaricoques secos o cerezas.

Ingredientes:

400 g de pasas jugosas
25 g de grasa de coco
125 g de avellana rallada

1. Triture las pasas con la batidora.
2. Caliente en un cazo la grasa de coco. Eche las pasas trituradas y remueva constantemente hasta que se ablanden y tengan una consistencia homogénea. Si quedara alguna pasa entera, macháquela con una cuchara de palo.
3. Añada la avellana rallada y mézclela bien con las pasas. Caliente la mezcla y túestela unos minutos. Después pásela a un trozo de papel de hornear y deje que se enfríe un poco.
4. Forme bolas de pasta del tamaño de una porción y deje que se acaben de enfriar sobre el papel de hornear.

56

Esperar

La verdad es que pasamos una gran parte de nuestra vida esperando. Esperamos a que el autobús doble la esquina, nuestro turno en la consulta del dentista, a que hierva el agua y a que el té esté listo. También a que el bebé se duerma, que se nos pase el dolor de estómago, la llegada de un buen amigo, a que el camarero traiga las bebidas y después la cuenta.

Pero, ¿con qué frecuencia nos limitamos exclusivamente a esperar? Mientras el agua hierve, lavamos con rapidez algún recipiente de cocina. En lugar de mirar cómo el té infunde el agua, nos vamos a hacer otra cosa y después nos enfadamos porque se nos ha pasado y está amargo. O nos abstraemos mirando el móvil en la parada de autobús, e incluso respondemos algún correo, en lugar de mirar a la gente que pasa a nuestro alrededor o apreciar un árbol.

Todo el tiempo es vida. Mientras esperamos, vivimos, respiramos, somos conscientes de nuestro estar ahí. Sería muy bueno tomarse los tiempos de espera como un regalo para observar.

57

«Haz lo que quieras, pero no porque debas».

— *BUDA*—

DAR ESPACIO A LOS SENTIMIENTOS

Puede acercarse a la atención plena con un ejercicio realmente sencillo. No es muy largo, por eso se llama también el ejercicio de los tres minutos. Puede ser útil realizarlo siempre en el mismo lugar y a la misma hora, para ir acostumbrándose a él.

Primero, simplemente céntrese. Colóquese en una postura erguida y cierre los ojos. Sienta su cuerpo. ¿Qué nota exactamente?

Ahora recójase, es decir, ponga atención en su respiración. Observe cómo inspira y cómo suelta el aire. Sea consciente también de las pausas intermedias.

Amplíe su consciencia partiendo siempre de la respiración. Tome conciencia de su cuerpo como un todo, pero también de todas las sensaciones, emociones y sentimientos que surjan. Deles espacio para que se puedan manifestar.

Cuidar de uno mismo

Al cuidar de los demás y superar la rutina diaria con sus pequeñas penas y alegrías, solemos olvidarnos de algo por el camino: de cuidar de nosotros mismos. ¿Qué entendemos bajo este concepto?

» **Necesidades físicas:** son esenciales, pero aun así solemos ignorarlas. Todo empieza por dormir lo suficiente y comer de forma saludable. A menudo nos hacemos daño, pasándonos de listos con una mala nutrición o ingiriendo estimulantes, que, tomados en exceso, resultan tóxicos. Intente comunicarse con su cuerpo regularmente, observar lo que siente, prestarle atención y seguir sus consejos.

» **Vida social:** quizás tendemos a pedirnos demasiado con la esperanza de que, si hacemos felices a los otros, también nosotros lo seremos. Nos tragamos la rabia sin ser capaces de expresar amablemente aquello con lo que no estamos de acuerdo. A veces, tampoco dejamos suficiente espacio para ver el lado bueno de las cosas. ¿Cuándo fue la última vez que le dijimos a una amiga que la queremos? La alegría que esto genera también nos viene devuelta.

» **Actividades creativas:** vivimos plenamente cuando crecemos hacia fuera, cuando desarrollamos la ilusión por algo y llevamos a cabo dicha actividad con convencimiento. Tenga su espíritu ocupado y rételo; esto también es atención plena.

Un corazón pieza a pieza

La técnica de la filigrana de papel requiere muchísima concentración y desarrollar el tacto en las puntas de los dedos. Pero, aparte de esto, es muy sencilla: buscar colores, enlazar tiras, enrollar, pegar, adherir los rollitos, y así pieza a pieza se forma una obra de arte. Este corazón puede ser un magnífico regalo o una preciosa pieza para decorar la casa que le recordará que también se puede mirar con el corazón y ser feliz, aunque la mente le diga «pero...» o «primero tienes que...».

Tamaño: 11 x 11 cm

Material:

» Cartulina para fotos del color deseado, del tamaño del marco

» Marco de cuadro grueso (en el ejemplo, blanco) de 23 × 23 cm; paspartú de 13 × 13 cm

» Unas 90 tiras de papel de filigrana en cuatro tonalidades diferentes de rojo y rosa, de 0,5 cm de ancho y 45 cm de largo cada una

Además:

» Tubo enrollador de papel

» Plantilla de círculos para ø 10, 20 y 25 mm

» Tijera o cúter y base sobre la que cortar

» Pegamento para papel, soluble al agua, de secado transparente

» Pinzas (opcional)

1. Corte la cartulina para fotos de color del tamaño del marco, y coloque el paspartú encima de la cartulina. Ya tiene la base para la filigrana.
2. Para hacer los círculos pequeños, enrolle una tira de papel bien fuerte alrededor del enrollador y coloque el tubito sobre la plantilla correspondiente de 10 mm de diámetro. Pegue firmemente el extremo de la tira y déjelo secar.
3. Para hacer círculos más grandes, pegue el extremo de otra tira al del círculo pequeño y enróllela a su alrededor. Pegue el extremo otra vez. Al enrollar entorno a otro círculo puede variarse el color para que el círculo de cada tamaño destaque.

IDEA

El corazón resulta especialmente atractivo con un marco blanco hondo y un paspartú adecuado. Naturalmente, puede utilizar el marco que prefiera, con o sin cristal, o realizar el corazón sobre un simple marco de madera pintada.

4. Para hacer los círculos del contorno, según el grosor que quiera dar al corazón, pegue primero dos o tres tiras juntas, procurando que no se solapen demasiado. Vuelva a hacer rollos con las tiras de papel bien prietas entorno al enrollador, y deje que se abran hasta que alcancen el diámetro de 20 o 25 mm. Pegue el extremo del rollo y déjelo secar sobre la plantilla.

5. Coloque los círculos de filigrana formando un corazón sobre la cartulina para fotos, organizándolos a su gusto, y después pegue cada uno en su sitio, uno a uno. Para adherirlos con precisión, puede utilizar unas pinzas.

62

¡NO HAY *para tanto!*

Por desgracia, desperdiciamos una gran parte de nuestra vida dándole vueltas a un mismo asunto. A veces, incluso a un problema potencial, que quizás ni siquiera llegue a hacer acto de presencia. Como consecuencia, se nos enturbia el ánimo porque algo en nuestro plan para el día, el año, el lustro o toda la vida no está saliendo como esperábamos.

Mirándolo bien, casi siempre hay algo que restringe el bienestar, por lo que no tiene sentido esperar el día en que desaparezcan las preocupaciones y se solucione todo. Como en cualquier caso, sea lo que sea que nos preocupe, no va a solucionarse de forma inmediata, lo mejor es aprender a decir «No hay para tanto!», y disfrutar del presente tal cual.

63

DAR UN RESPIRO A LOS SENTIDOS

Todo el día nuestros sentidos se ven bombardeados: los anuncios de colores, el ruido del tráfico, los olores de comida, el jersey de lana que nos hicimos y que nos causa picor, y un sinfín de otros estímulos. Para ser exactos: 11 millones por segundo, que nuestras células receptoras envían a procesar al cerebro.

Sin embargo, somos conscientes únicamente de 40 a 60 de ellos. Para darse y darle un respiro a la percepción de los sentidos, desconecte simplemente uno de ellos. Mientras espera en cualquier lugar, mientras va en tren o está en casa, cierre los ojos y escuche atentamente. ¿Qué sonidos reconoce? Concéntrese totalmente en escuchar, con uno o dos minutos es suficiente. Otra opción es cerrar los oídos con unos buenos tapones y observar su entorno sin percibir ningún sonido. Seguramente se dará cuenta de muchas cosas que siempre le han pasado desapercibidas.

Batido de moras y nueces de Macadamia con semillas de cáñamo

Un batido es algo fascinante. A partir de varios ingredientes que requieren cierto tiempo de preparación (limpiar, cortar, chafar, pelar, triturar, congelar, etc.), se obtiene una bebida cremosa y refrescante. Es prácticamente imposible distinguir los aromas por separado... ¿o no?

Ingredientes para 2 vasos de unos 375 ml:

50 g de nueces de Macadamia
2 cdas. de semillas de cáñamo
250 g de moras
1 plátano
2 naranjas

Deje las nueces de Macadamia en remojo en agua fría en un cuenco unas 4 horas. Transcurridas 3 horas, eche las semillas de cáñamo. Lave las moras, séquelas dando toquecitos con un paño y congélelas al menos durante 30 minutos.

Ponga las nueces y las semillas a un colador, y escúrralas bien. Páselas al vaso de la batidora y tritúrelas con 250 ml de agua, hasta obtener un líquido lechoso. Pele el plátano, trocéelo y añádalo a la leche de nueces. Exprima las naranjas y vierta el zumo en el vaso. Añada las moras congeladas y tritúrelo hasta obtener un batido homogéneo. ¡Saboréelo tranquilamente!

Por el flanco

Este ejercicio de yoga consiste en respirar profundamente alternando el pulmón. La respiración alternada y profunda relaja, y además tiene un efecto desintoxicante sobre los órganos corporales.

1. Separe los pies algo más que la anchura de las caderas, con las puntas de los dedos señalando hacia fuera. Apoye la mano izquierda en el centro del muslo izquierdo y estire el brazo derecho horizontalmente hacia la derecha con la palma mirando hacia arriba.
2. Ahora empieza la respiración costal. Inspire y espire lenta y profundamente por la nariz. Mientras exhala, incline el torso ligeramente hacia la izquierda y levante el brazo hacia arriba, junto a la oreja derecha y por encima de la cabeza.
3. En la inspiración siguiente, regrese lenta y tranquilamente a la posición inicial (punto 1).
4. Ahora respire por el flanco izquierdo. Colóquese en una posición de partida simétrica: apóyese con la mano derecha en el muslo derecho y extienda el brazo izquierdo horizontalmente hacia la izquierda con la palma hacia arriba. Incline el torso hacia la derecha al respirar y levante la mano izquierda por encima de la cabeza.
5. Cambie nuevamente de lado y repita la respiración costal un total de tres veces con cada flanco.

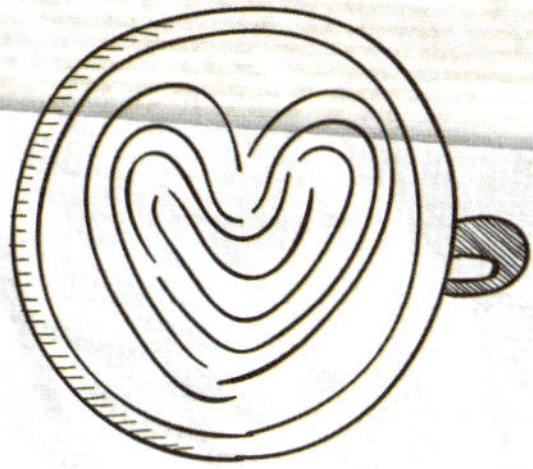

ATENCIÓN PLENA en la oficina

Llevarse bien con los compañeros de trabajo, escucharlos, poner prioridades y entregarse de corazón a las tareas. Pensará que todo esto no es ni más ni menos que la forma ideal de actuar en la oficina, así que... ¿para qué se necesita la atención plena?

Exacto: es un ideal. Por desgracia, la mente también lo considera un ideal. En la práctica nos enfadamos con demasiada frecuencia, por la falta de atención de nuestros compañeros. En la cocina predomina el mal humor, y de ahí surge el caos, porque, una vez más, nadie se ha molestado en vaciar el lavaplatos. La fotocopiadora se ha quedado sin papel y nadie se ha molestado en reponerlo; luego en el ascensor coinciden varios compañeros, todos con caras largas y la mirada perdida.

Tener atención plena significa no dejar que nuestro bienestar dependa de las circunstancias externas y del humor de los demás. Cuando nos cruzamos con alguien que sonríe, le devolvemos la sonrisa, el papel de la fotocopiadora se va a buscar en un momento, y se puede hacer un café con los compañeros mientras se habla de organizar turnos para recoger el lavaplatos. Todo esto es atención plena.

Mis grandes apoyos

Aquel que se ha cruzado en su camino con buenas personas sabe que tiene un tesoro. Porque, ¿qué hay mejor en la vida que los momentos felices junto a aquellos con quienes se ha pasado por lo bueno y por lo malo, con quienes se pueden compartir penas y glorias y que nos escuchan cuando nos invaden la ira y las preocupaciones? Por un momento, piense muy atentamente en aquellos que significan mucho para usted. Haga una lista de los amigos realmente importantes con los que sabe que puede contar en caso de necesidad. Y luego haga también el ejercicio opuesto, una lista de los que se apoyan en usted. El número al que llegue no es importante.

1. ....
2. ....
3. ....
4. ....
5. ....
6. ....
7. ....
8. ....
9. ....
10. ....

Dos tinajas

Una aguadora tenía dos tinajas con las que acarreaba agua de la fuente hasta su casa atravesando un terreno árido. Cada nuevo día volvía a la fuente a buscar más agua, y así una y otra vez.

Una de las tinajas tenía una grieta que iba desde la boca hasta casi el fondo. Al llegar a casa, la mujer se daba cuenta de que siempre perdía casi todo el preciado líquido, de modo que solo le quedaba una pequeña cantidad. Cada día al volver de la fuente, no paraba de lamentarse.

La tinaja rota se tomó muy mal las quejas de su dueña, y empezó a protestar y sollozar: «Soy una tinaja muy mala y rota. Pierdo casi toda el agua. De poca ayuda puedo serte. ¡No sirvo para nada!».

Pero la mujer le dijo a la tinaja: «Presta atención y mira bien. En la orilla del camino que hago cada día contigo a cuestas, crecen las flores más bellas. Sin el agua que va cayendo de tu interior, ¡no habría ni una!».

Grulla de papel

Según una antigua leyenda japonesa, una grulla puede alcanzar los mil años de edad. Y quien haga 1000 grullas de papel tendrá una vida larga, feliz y llena de salud. La dobladora de grullas más famosa de nuestra época fue una niña de doce años llamada Sadako Sasaki, que enfermó de leucemia en 1955 como consecuencia de la bomba atómica lanzada sobre Hiroshima. Como creía firmemente en la leyenda, realizó varios cientos de grullas de papel durante su estancia en el hospital; hay quien dice que en total sumaban 1600. Acabó muriendo, pero su historia se hizo famosa en todo el mundo y actualmente la grulla es el símbolo universal de la paz infantil. De esta forma, la pequeña grulla se convirtió en la cosa más grande y significativa y Sadako pasó a vivir en el corazón de muchas personas. Así que, ¿cuándo va a hacer su primera grulla de la suerte? Aquí le mostramos una variante que puede llenar con golosinas o tarjetitas y regalar a sus seres queridos.

Tamaño: 12 cm

Material:

» Papel de origami bicolor (en el ejemplo, amarillo-magenta y lila y verde con estampado), aprox. 70 g/m², 15 × 15 cm

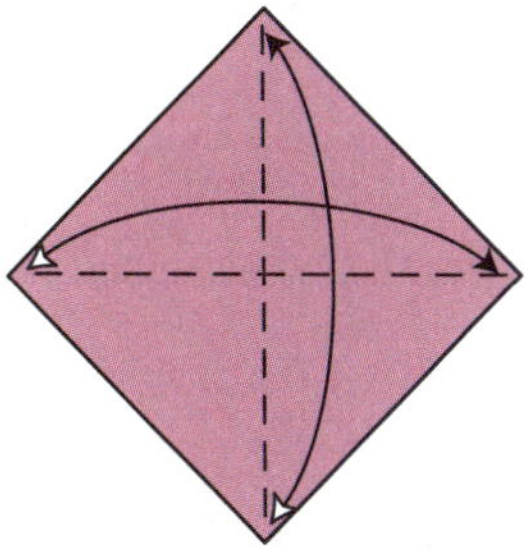

1. Ponga el papel con la cara del color de la grulla boca abajo. Doble las dos diagonales y desdóblelas.

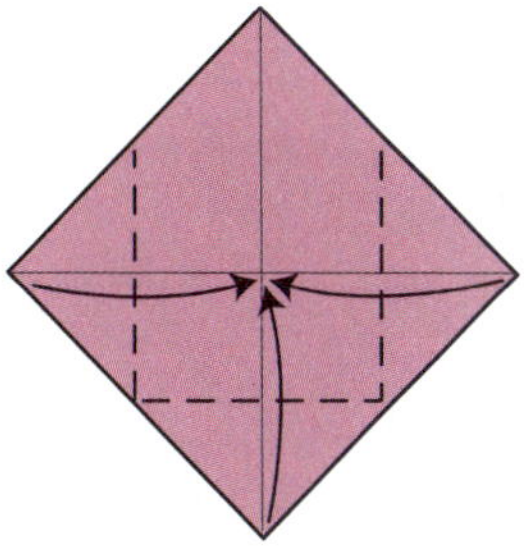

2. Lleve tres esquinas al centro y dóblelas.

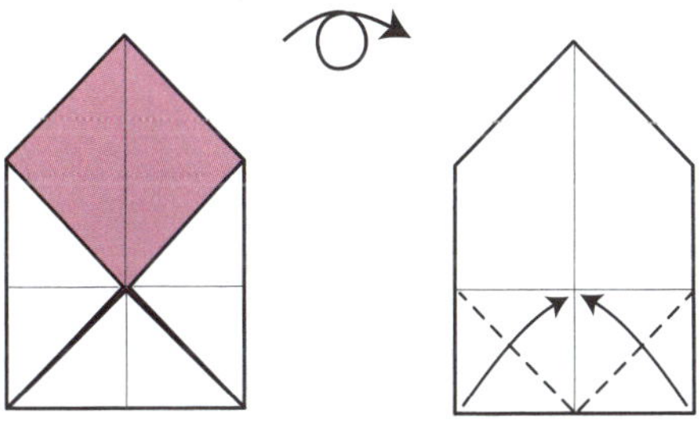

3. Dé la vuelta a la figura y doble la esquina inferior nuevamente al centro.

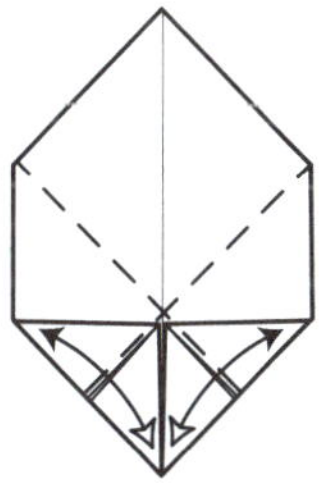

4. Doble los cantos izquierdo y derecho inferiores hasta la mitad, y luego desdóblelos.

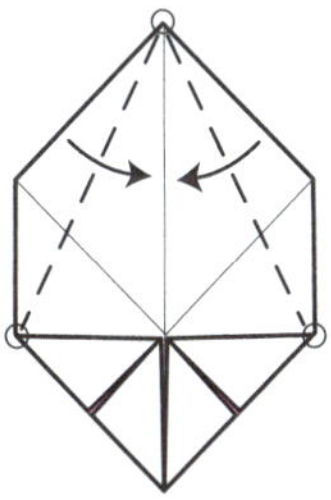

5. Doble el canto superior hacia dentro a lo largo del pliegue en valle.

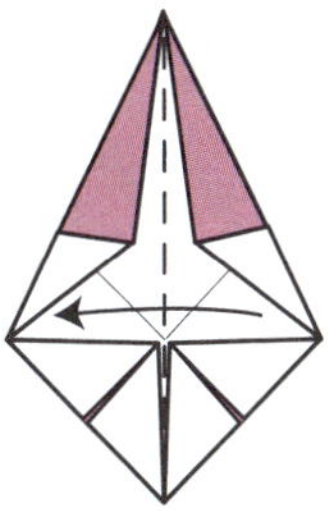

6. Pliegue la figura longitudinalmente por la mitad y gírela 90° a la izquierda.

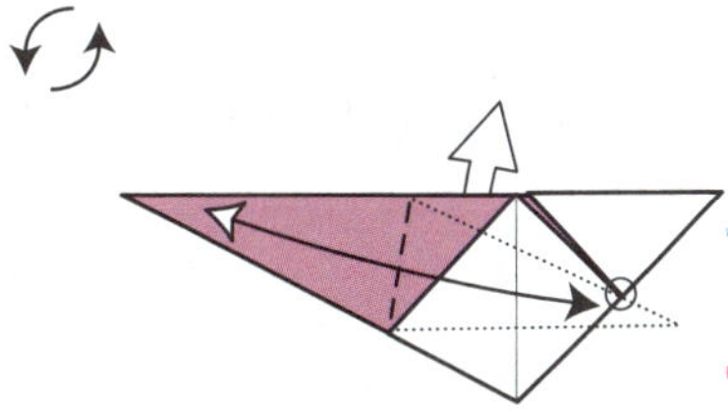

7. Lleve la punta izquierda hasta el punto marcado en la derecha, doble y desdoble.

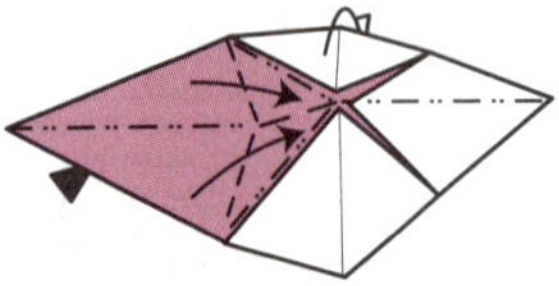

8. Haga los dobleces que se muestran. Para ello, levante el lado izquierdo y marque bien el lateral de la figura.

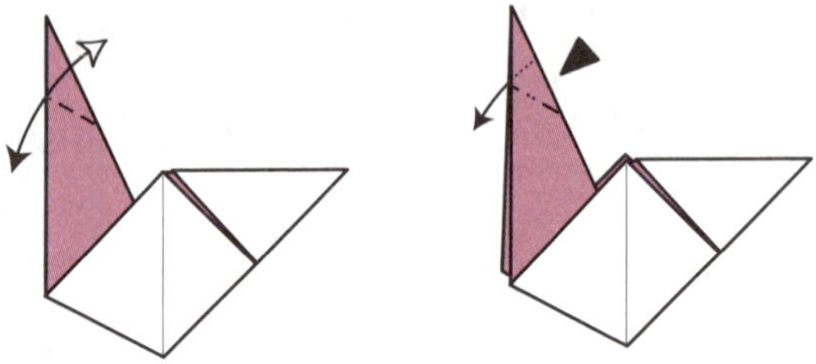

9. Doble la cabeza de la grulla hacia delante como se muestra y desdóblela. Después, lleve la cabeza hacia dentro con un doblez inverso hacia dentro.

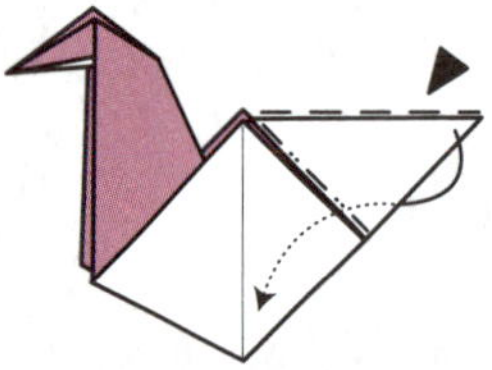

10. Deslice el dorso desde arriba al interior de la figura.

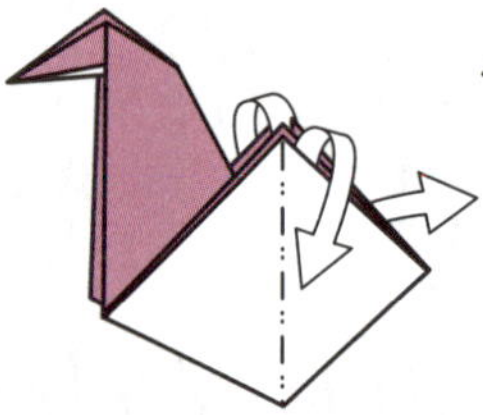

11. Abra los tres espacios y dé la vuelta a la figura.

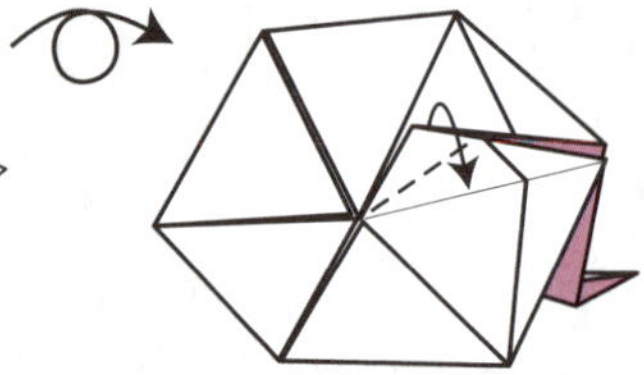

12. Cierre la base de la figura con un pliegue en valle tal como se muestra.

13. Tire hacia fuera de la parte derecha del triángulo y transforme los pliegues en valle en pliegues en montaña. Doble la figura por el centro y dele la vuelta. Sujete la espalda de la grulla, tire un poco hacia delante de la cabeza y del cuello, y fíjelos apretando la zona del pecho. Por último, abra las cavidades lo máximo posible y llénelas con lo que desee.

70

Pausa musical

La música puede endulzarle las pequeñas pausas del día a día. Lo mejor no es tenerla de fondo, sino tomarse un tiempo para escucharla atentamente. Es posible que tenga su teléfono móvil o su MP3 lleno de canciones aptas para cada ocasión. Puede oír a sus compositores favoritos como parte de su rutina diaria. ¿Día ajetreado? Mozart le ayudará a calmarse. ¿Duda de sí mismo? ¿Entonces qué tal algo más rockero o tipo banda sonora y una imaginaria postura de ganador? ¿Está en un momento feliz de su vida? Pues hágalo aún más memorable poniendo su canción favorita. Si le apetece —aunque no necesariamente mientras viaja en transporte público—, cante a todo pulmón o baile al ritmo de la canción que está escuchando. Tanto inhalar más oxígeno como moverse tienen el efecto de ponerle a uno de buen humor, incluso durante un pequeño bajón anímico.

71

¡DÉJESE LLEVAR!

Estrés en el tiempo libre –un concepto fatal. Muchos conocemos la sensación, también en el fin de semana, de sentirnos apremiados a hacer las cosas. ¿De qué otra manera sino podríamos salir regularmente con los amigos y ver a la familia si además queremos practicar nuestra afición? La cuestión es: ¿qué nos queda del fin de semana que no esté planificado minuto a minuto como lo están los días laborables?

¿Acaso no sería bonito dejarnos llevar simplemente por el fin de semana, sin planificar nada? ¿Podríamos dejar la compra semanal hecha el viernes y saltarnos la sesión de gimnasia? Así, dejándonos llevar un poco, dejando que las cosas sucedan y se desarrollen por sí solas, seguramente tendremos momentos más emocionantes que cualquier otro acontecimiento planeado para las horas de ocio.

MODO AVIÓN

No es necesario que lo haga todo el día, pero es muy sano comprobar de vez en cuando si se puede vivir sin aparatos como el móvil y el portátil, que parecen de uso obligado. Apáguelos o póngalos en silencio de vez en cuando, y observe cómo se relaciona con ellos y lo que siente. ¿Le pone nerviosa la abstinencia?

Un tiempo libre de mensajes electrónicos siempre sienta bien, porque estos aparatos se han vuelto tan omnipresentes que nos acompañan a casi cualquier lugar y creemos que nada funciona sin ellos.

Si se siente incómodo o irritado por la tranquilidad recuperada y la falta de las últimas noticias, quizás le ayude practicar un ejercicio de yoga, tomar una taza de té o contemplar el jardín. No siempre necesitamos el móvil para recibir mensajes urgentes, sino porque sentimos la necesidad de estar en contacto con el mundo. Pero esto último se puede conseguir de otras maneras.

UNA BUENA OBRA al día

... o dos, si quiere. La mayoría de nosotros conocemos la alegre sensación de haber hecho un favor a alguien o haberle dado una alegría. La alegría de los demás nos basta como recompensa, y la energía positiva que creamos de este modo bien vale cualquier molestia.

¿Por qué no se pone a la búsqueda de buenas obras? No es necesario que ayude a cruzar la calle a una señora mayor sin que ella se lo haya pedido. Lo importante es agudizar nuestra percepción de las necesidades del prójimo y prestar atención a los que nos rodean.

Seguro que encontrará ocasión de hacer una buena obra. La primera regla para ello es hacerlo con decisión. No se plantee si su ayuda es necesaria, ni espere que nadie le dé las gracias explícitamente. El agradecimiento le llegará de vuelta antes de lo que usted se piensa.

74

«Vale más actuar exponiéndose a arrepentirse de ello, que arrepentirse de no haber hecho nada».

— GIOVANNI BOCCACCIO (1313-1375) —

75

LA HORA AZUL

En la pedagogía del color, el azul se asocia a la tranquilidad y la confianza. Como color del cielo y del mar despierta también nuestra nostalgia por la libertad y los espacios abiertos. Por este motivo, el azul es el color ideal para piezas de decoración, muebles e incluso para pintar las paredes de una habitación destinada a relajarse: por ejemplo, para convertir su cuarto de baño en un oasis de bienestar o para sentirse fresco y relajado en el dormitorio. Lo ideal es combinar elementos azules con otros de colores cálidos para crear un espacio de retiro particular donde apartarse del mundanal ruido.

Luces y sombras

¿Un año entero de vacaciones? ¡Sería magnífico! Dormir hasta tarde cada mañana, pasar por el bufé del desayuno antes de dejarse caer en la tumbona de la playa, almorzar junto a la piscina y, por la noche, degustar un menú opíparo y salir de copas.

Probablemente se cansaría de este programa de bienestar mucho más rápido de lo que cree y buscaría un verdadero reto. ¡Por fin algo que hacer que no sea esperar a que un barco surque el horizonte!

O pongamos por caso que el menú de cada día se limitara siempre a langosta y tartaletas de fresas. Muy pronto soñaría con una ensalada y pan con queso, o con una macedonia variada preparada a conciencia.

El yin y el yang, la noche y el día, el esfuerzo y el descanso se alternan en la mente humana desde tiempo inmemorial, y así debe seguir siendo. Porque, ¿cómo sino aprenderíamos a distinguirlos? ¿Y a disfrutar de los buenos tiempos?

TÓNICO PARA LA PIEL

Ahora le ofrecemos un poco de bienestar para la piel, uno de los órganos más importantes para los sentidos. Preste mucha atención mientras prepara este cóctel y ¡disfrute de la inyección de frescura al levantarse y antes de irse a la cama!

Ingredientes:

» 100 ml de agua

» 1 trozo de jengibre fresco, del tamaño del pulgar

» 1 manojo de hojas de menta fresca

» 1 cda. de zumo de lima recién exprimido

» 10 gotas de aceite esencial de *Litsea cubeba*

» 12 ml de agua base cosmética

Elaboración

Lleve el agua a ebullición. Pele y pique el jengibre, échelo en el agua junto con la menta y hiérvalo 2 minutos. Retírelo del fuego y déjelo reposar 10 minutos. Vierta el zumo de lima y déjelo enfriar del todo. Pase el líquido a un cuenco a través de un tamiz. Aromatícelo con el aceite esencial y añada el agua de base cosmética (alcohol de 95º) como conservante. Llene una botellita con este tónico para la piel.

Uso

Agite el tónico un poco antes de usar y aplíqueselo por la mañana y por la noche. Vierta un par de gotas en un disco de algodón y límpiese la cara.

Conservación

En un lugar fresco y en un envase bien cerrado, el tónico se conserva hasta cuatro semanas.

Información

Si tiene la piel seca, el efecto desengrasante del alcohol quizá la irrite. Para evitarlo, puede reducir la cantidad de conservante o no añadirlo, teniendo en cuenta que con ello acortará la vida del producto. En tal caso, recomendamos preparar cantidades más pequeñas (por ejemplo, de 50 ml).

ESTAR en el AQUÍ y AHORA

Hemos oído esta expresión una y otra vez, pero ¿qué significa realmente? A continuación intentamos resumirlo en tres puntos:

1. Ser consciente de uno mismo, es decir, de que cada uno es un ser humano que respira, piensa y siente. Esto suele conseguirse fácilmente al tomar conciencia de que la respiración es nuestro vínculo directo con la vida.

2. Ser conscientes de nuestro entorno. Tenemos claro dónde estamos; si no, no podríamos gestionar nuestro día a día. Pero se nos pasan muchas cosas debido a las prisas o a que las hemos visto muchas veces. Vale la pena observar más detalladamente.

3. Ser conscientes de quiénes nos rodean. Para muchos esta es la parte más difícil, pero también la más satisfactoria. Mi prójimo piensa, siente y tiene deseos, igual que yo. Es importante tener esto bien claro.

¿POR QUÉ SIEMPRE me toca a mí?

Hay días que son grises incluso antes de que salga el sol. Las cosas no salen bien, los compañeros se enfadan, los amigos no nos entienden, las citas se anulan... Y encima hay que poner gasolina, no quedan cereales, ni siquiera un par de calcetines limpios. Mamá nos llama y nos damos cuenta de que ha pasado demasiado tiempo desde la última vez que hablamos, y para colmo se nos vuelca la taza de café. ¡No nos salvamos de una! ¿Por qué no le pasa todo esto a otro?

Esa es justamente la cuestión: hay muchísima gente que se enfrenta a las mismas situaciones. No nos persigue el destino ni nos discrimina la vida. La vida es simplemente así. Incluso las estrellas de Hollywood, los presidentes de EE. UU. y los grandes empresarios se enfrentan a estas pequeñas batallas. También tienen crisis matrimoniales y problemas de dinero, algunos grandes, otros pequeños. Pero nos pasan desapercibidos porque hemos olvidado que más allá de nosotros hay todo tipo de gente que vive y lidia con sus propios problemas. Pensar en ello con más frecuencia nos permite relativizar muchas cosas que nos sobrepasan. Tenga esto siempre claro: ¡no está solo y, si los demás han podido superar sus problemas, usted también puede!

¿TIENE UN CORAZÓN de piedra?

¡Todo lo contrario! ¿Alguna vez ha intentado visualizar cómo se ha sentido durante el día? ¿Ha estado alegre, triste, entusiasmado, enfadado? Utilice este ejercicio para grabar sus sentimientos en piedra. Lo único que necesita son unos cuantos guijarros planos, pintura acrílica de colores o un marcador y, si lo desea, un par de divertidos ojos grandes que puede pegar con un poco de cola o pegamento. No se trata de conseguir un efecto óptico perfecto, sino de que tome conciencia de todo lo que llega a sentir a lo largo del día. Más tarde, antes de irse a la cama, puede volver a observar su colección de sentimientos de piedra. ¿Qué piedras seleccionará que se ajusten al día que toca a su fin?

¡QUE ACABE YA!

Esperamos ansiosos a que algo acabe ya con tanta frecuencia que cabría pensar que nos sobra el tiempo. Una presentación aburrida, una reunión de trabajo, un trayecto en tren de una hora, el cumpleaños en casa del vecino... A veces los minutos se alargan indefinidamente y querríamos poder adelantar el reloj, que aquello que odiamos ya hubiera pasado.

Naturalmente, esto nos sucede también con mucha frecuencia cuando empezamos a practicar la atención plena. Estamos allí sentados, ansiosos de que llegue el final, y pasamos el rato pensando en cómo va el mundo o escribiendo mentalmente la lista de la compra. Hay quienes aprovechan una sesión de yoga para reorganizar mentalmente toda la casa.

Aquí empieza el ejercicio: no ansíe que llegue el final. Simplemente esté allí y tómeselo en serio. Sea consciente de su impaciencia. Dígase *hola* amablemente y *por favor* con la misma amabilidad. Se está adentrando en una dimensión atemporal, donde el principio y el final pierden toda importancia.

¿QUÉ ES lo importante?

En primavera, después de un día de limpieza, una habitación recién organizada resulta tan acogedora que nos entran ganas de sentarnos inmediatamente a leer un libro un rato. Durante el viaje en tren queremos aprovechar para revisar una vez más los documentos de la próxima reunión, pero hace un día tan bonito y el paisaje es tan bucólico que acabamos contemplándolo por la ventana sin pensar en nada. Los niños estarán fuera dos horas, sería el momento ideal para enfrascarse con los impuestos, pero apetece más ver otro episodio de nuestra serie preferida tumbados en el sofá.

Todas estas situaciones despiertan nuestra mala conciencia. Porque se podría aprovechar el tiempo mucho mejor y así después tener tiempo para... ¿para qué, realmente? Para leer, soñar y mirar la televisión, por ejemplo. Por ese motivo deberíamos acostumbrarnos a considerar que todo tiempo pasado es tiempo bien empleado. Descansar, disfrutar y relajarnos están entre las actividades más importantes en la senda hacia el despertar de la consciencia y sentir la vida. ¡No lo olvide!

¡Menuda suerte otra vez!

¡Gracias a Dios, no ha sido nada! ¿Ha pasado alguna vez por momentos críticos, de mucha ansiedad, que luego acaban desvaneciéndose para su gran alivio? Ha faltado un pelo para que chocásemos con el de delante, pero seguimos ilesos en el atasco; la disputa ha podido resolverse más rápido de lo esperado; el fuego seguía encendido cuando decidimos volver para comprobarlo. Esos momentos son muy significativos, y por eso es mejor anotarlos, para conservarlos para siempre:

1. ....
2. ....
3. ....
4. ....
5. ....
6. ....
7. ....
8. ....
9. ....
10. ....

¡Sonría, por favor!

Una sonrisa amable no cuesta nada y puede hacer milagros. Pruébelo en sus carnes colocándose delante del espejo del cuarto de baño. Sonríase a sí mismo un rato y se dará cuenta de que no solo tiene mejor aspecto, sino que además está de mejor humor. Los ojos brillan, las arrugas son menos prominentes y está más tranquilo.

Lo que funciona consigo mismo, funciona también con los demás, tanto en casa con sus seres queridos como fuera en la calle. La amabilidad es contagiosa, porque cuando se recibe una sonrisa, se intuye que no hay ningún peligro (siempre y cuando se trate de una sonrisa auténtica, ¡claro está!).

UNA LUZ EN LA OSCURIDAD

Las lámparas de hielo son realmente fascinantes. Por una parte, porque en ellas se conservan las últimas hojas verdes, pétalos de rosa, bayas, etc., y por otra, son tan efímeras como inestable es la meteorología. Si quiere disfrutar durante un largo periodo de frío o incluso con el fulgor de la nieve, una de las cosas que necesita son lámparas de hielo: una preciosa decoración que nos hace más llevadero el periodo más oscuro y deprimente del año, aportándole un poco de magia.

Material:

» Un cuenco redondo de plástico
» 5 gomas elásticas
» Un bote de mermelada vacío
» Bayas
» Escaramujos
» Hojas
» Piñas
» Ramitas de abeto
» Flores
» Velas calientaplatos

1. Llene el cuenco con agua, pero no hasta arriba. Pase el agua a un cazo y llévela a ebullición. Después, déjela enfriar.
2. Coloque 2 gomas elásticas entorno al cuenco longitudinalmente y otras dos transversalmente. Ponga la última goma alrededor del bote de mermelada.
3. Ahora coloque el bote en el centro del cuadrado formado por las gomas en el cuenco. El bote debería quedar suspendido unos 2 cm por encima del fondo del cuenco. Para que aguante bien, ajuste la goma entorno al bote.
4. Vierta el agua hervida en el cuenco. El bote de mermelada sigue vacío.
5. Ponga en la parte llena de agua bayas, escaramujos, hojas, piñas, ramitas y flores para decorarlo a su gusto. Por último, meta el cuenco en el congelador y déjelo ahí toda la noche.

6. Al día siguiente, extraiga el farolillo del cuenco. Para ello, primero llene el bote de mermelada con agua caliente. Una vez se derrita el hielo entorno al bote, sáquelo. Después ponga el cuenco boca abajo y suelte el bloque de hielo con cuidado.

7. Ya sólo queda colocar el bloque de hielo con la abertura hacia arriba en su lugar favorito. Ponga una vela en el interior y haga brillar su bonita lámpara de hielo.

88

SOLO HAY QUE DESPRENDERSE: ¡no es tan fácil!

«Desprenderse» es una palabra que oímos a menudo cada día con una acepción concreta: dejar de lamentarnos por lo que hemos perdido. Aceptar la cancelación de una visita que nos hacía ilusión. Dejar de pensar en una discusión especialmente dolorosa. Dejar de preguntarnos «¿Por qué la tía de quien esperamos heredar estaba ayer de tan mal humor?».

No es lo mismo que decir «No me importa». Al fin y al cabo, se trata de cosas que nos afectan profundamente pero que no suceden o funcionan como esperábamos o nos gustaría. A veces los planes se estropean, incluso cuando ponemos mucho en juego para que resulten tal y como deseamos.

«Desprenderse» significa dejar que en ese momento las cosas sigan su curso y las dejemos estar, porque no podemos cambiarlas. Debemos centrarnos en algo nuevo, quizás también confiar en que al final todo saldrá bien. Y quizá poco después vuelva a aparecer ese objeto que habíamos perdido.

89

«POCAS VECES PENSAMOS EN LO QUE TENEMOS, PERO SIEMPRE EN LO QUE NOS FALTA».

— ARTHUR SCHOPENHAUER —
(1788-1860)

Batido de vainilla y semillas de amapola

¿Le suenan de algo los ingredientes de este batido? Resulta curioso que lo que es bueno para su encimera y su baño relajante, lo sea también para usted. ¿Se había dado cuenta? Es lo que ocurre cuando se lleva una vida consciente y sostenible y se presta atención, tanto a lo que se prepara uno mismo como a la naturaleza. Y por eso este delicioso batido comparte muchos ingredientes del producto de limpieza de la vía 40. Todo es muy natural, así su cuerpo y su vida se mantienen en equilibrio.

Ingredientes para 2 vasos:

1 vaina de vainilla
150 ml de leche
2 cdas. de azúcar
2 cdas. de semillas de amapola molidas
300 g de yogur de leche entera
300 g de frambuesas
1 sobre de azúcar avainillado
Un poco de zumo de naranja sanguina
Melisa, para adornar

1. Corte la vaina de vainilla a lo largo y raspe la pulpa. Póngala en un cazo con la vaina, la leche, el azúcar y las semillas de amapola molidas, y llévelo a ebullición. Después déjelo enfriar y añada el yogur.
2. Lave y limpie las frambuesas, póngalas en un colador y déjelas escurrir. Tritúrelas con el azúcar avainillado y unas 6 cucharadas de zumo de naranja sanguina.
3. Reparta la mezcla de vainilla y semillas de amapola en los vasos. Vierta por encima el puré de frambuesas y remueva con movimientos circulares para dar un efecto marmolado. Refrigere el batido un poco, adórnelo con melisa y sírvalo.

PERMITIRNOS SER

Después de superar un miedo y darnos cuenta de que realmente era innecesario pasarlo, experimentamos una agradable sensación de bienestar. La verdad es que muchos de nuestros miedos son infundados, aunque nos parezca que nuestra supervivencia depende de ello. Por desgracia, los miedos innecesarios tienen la horrible costumbre de hacernos pensar que nosotros o un ser querido está en peligro, incluso cuando no es el caso.

Superar un miedo nos da valor, en el sentido más genuino de la palabra. Una experiencia positiva (por ejemplo, que no era tan terrible cantar en el karaoke delante de todo el mundo o agarrar una serpiente en el zoo durante las vacaciones) nos ayuda a tomar más conciencia de nuestras limitaciones de cara a afrontar nuevas situaciones en el futuro.

Del mismo modo, está bien darnos espacio para sentir miedo en determinadas situaciones y permitirnos ser cómo somos. Es mejor no exigirnos nada, no agobiarnos, porque ya hay demasiadas ocasiones para ello. Y cuando su mejor amigo quiera probar el *puenting*, en lugar de quedarse mirando, salte también. Y así además quizá conseguirá la mejor foto de recuerdo de todos los tiempos.

92

Un mundo lleno de color

¿Cree que el mundo es un lugar gris e inhóspito? Intente enfocar su atención cada semana en un color diferente y tomar conciencia de ello. ¿Con qué cosas se cruza a diario que sean de color verde? ¿Cuántos tonos diferentes de azul puede detectar en su entorno? ¿Tienen el mismo aspecto los cojines del sofá a la luz de la mañana que al atardecer? Casi seguro que con este pequeño ejercicio pronto verá su entorno con nuevos ojos.

93

Eliminar la tensión

Muchas partes de nuestro cuerpo se agarrotan: los hombros suelen estar levantados la mayor parte del tiempo, el cuello se engarrota fuertemente a los hombros, las cejas se juntan y forman una arruga que surca la frente desde la nariz, las mandíbulas aprietan los dientes como un tornillo de banco. Compruebe su estado con frecuencia: agite los hombros, trace círculos con las mandíbulas, levante la cabeza, y lo más importante: sonría. Así relajará de golpe toda la cara.

Yoga

Boca abajo

¿Tumbarse boca abajo es un ejercicio de yoga? ¡Pues sí! Y demuestra lo que ya sabían todos aquellos que siempre han dicho que estar tumbado también es hacer ejercicio. Bueno, no es tan simple como todo eso, pero es ciertamente relajante. Este ejercicio (Makarasansa) actúa sobre todo el cuerpo, contribuye a abrirlo y aporta paz interior. Recargue sus pilas así:

1 Túmbese boca abajo. Se relajará más fácilmente si pone una toalla enrollada o un reposacabezas debajo de los tobillos. Hay quien se siente más cómodo con una toalla enrollada bajo las ingles.

2 Junte los brazos colocando una mano sobre la otra bajo la frente. Apoye la cabeza en ellas y gírela lentamente hacia un lado, pero sin llevar la cabeza atrás. Mantenga la postura unas cuantas respiraciones y después gire la cabeza hacia el otro lado.

3 Repita el paso 2 al menos 10 veces. Mantenga la posición boca abajo solo mientras le resulte cómoda.

95

¡NO TENGO GANAS!

Un día magnífico. Buen humor por todas partes. Se siente la primavera en el aire y es el primer día en que se puede ir en manga corta. Los vecinos han instalado la barbacoa, dan el fútbol por la tele y de momento gana nuestro equipo. Al anochecer hay una pequeña fiesta con viejos amigos. Todo va viento en popa.

Solo hay un problema: ¡cero ganas! Ni de usar la barbacoa, ni de celebrar los goles, ni de tomar el sol para eliminar el blanco nuclear de la piel, ni siquiera de pasar un rato con amigos agradables con quienes nos podemos divertir toda la noche.

¡Nada! Es lo que hay. No hay ningún motivo para inquietarse. Dar espacio a sus sentimientos no significa que tenga que estar siempre de humor para todo lo que venga. También significa que habrá días en los que tenga ganas de encerrarse en sí mismo. Que los otros celebren hoy la vida mientras yo me quedo en casa, a solas, con mi música favorita y una taza de té. La próxima vez ya participaré, porque me apetecerá, no porque me sienta obligado a ello.

96

«Solo nos PERTENECE LA HORA. Y una hora, SI ES FELIZ, es mucho».

— THEODOR FONTANE —

(1819-1898)

Tomar un camino diferente para hacer la compra

Muchos coincidirán en que ir de compras nos hace felices. En cambio, hacer la compra semanal no tanto. ¿Cuándo fue la última vez que fue a comprar al mercadillo semanal? Vuelva a ir. Equípese con un par de bolsas de la compra, tómese tiempo de sobras y busque el mercadillo que más le guste de su entorno. Simplemente, déjese cautivar por los colores, la gente y la gran oferta de productos. Escuche con atención todos los sonidos, note los diferentes olores y aromas y disfrute del aire libre. ¿Acaso no es mucho más agradable que la sección de verduras del supermercado? No se olvide de comprar lo que venía a buscar. Y cuando la ocasión lo permita, siéntese en una cafetería junto al mercado y observe durante un rato el colorido ir y venir.

99

ATENCIÓN EN EL DÍA A DÍA

Ser más consciente es un buen propósito que, como tantos otros, es fácil que acabe desvaneciéndose si no prestamos atención. Para evitar que la rutina diaria no lo haga caer en el olvido, puede utilizar pequeños elementos que le sirvan para recordar: mantener la paz interior, ser consciente de la respiración y mantener a distancia el ajetreo del entorno.

Un pequeño punto adhesivo en el monitor del ordenador, un pañuelo de colores en el bolso, una figurita de Buda junto a la ventana del despacho. Incluso una actividad habitual, como el trayecto en metro a la oficina, afeitarse o tender la colada puede convertirse en su ritual diario de atención plena. Tome conciencia de su día a día y, a intervalos regulares, recuérdese que hay vida más allá de los sucesos cotidianos.

100

«No es feliz quien lo aparenta ante los demás, sino quien se considera feliz».

— LUCIO ANNEO SÉNECA —
(h. 4 a. C.–65 d. C.)

ORIGAMI: PLIEGUES BÁSICOS Y SÍMBOLOS DE PLEGADO

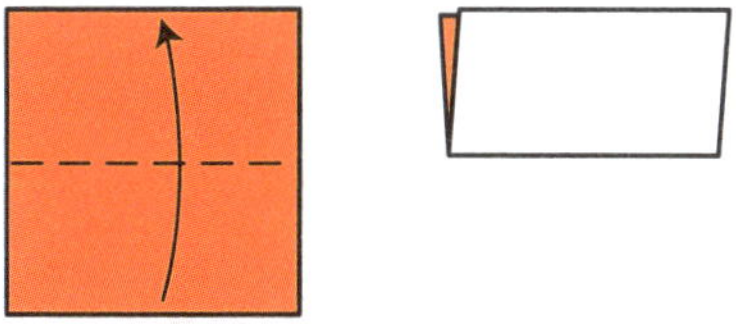

Pliegue en valle: doblar por la línea de puntos en la dirección de la flecha.

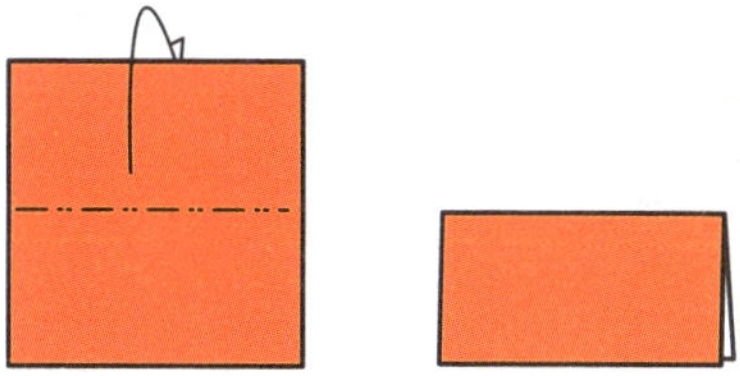

Pliegue en montaña: doblar por la línea de puntos hacia atrás.

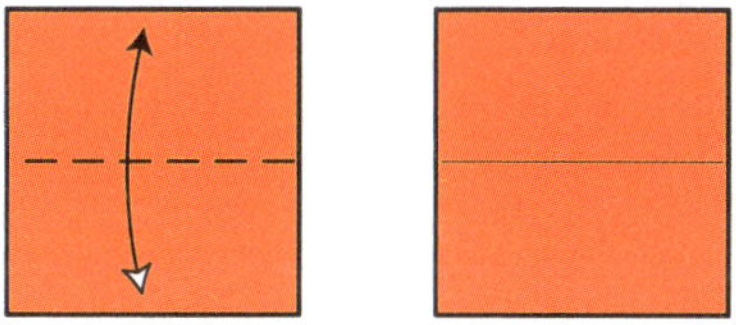

Plegar y desplegar: doblar y abrir los pliegues en valle. El resultado es un doblez.

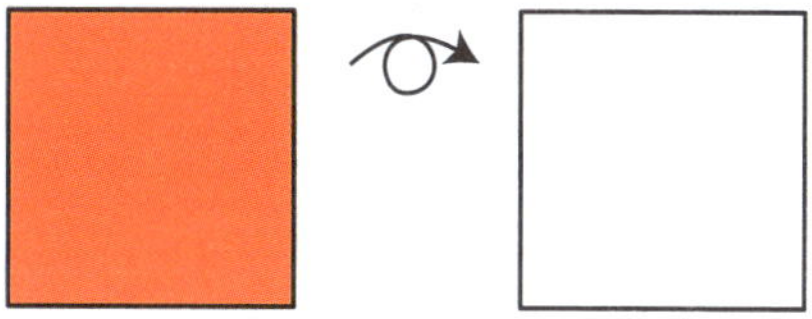

Dar la vuelta: cambiar de cara el papel, con la parte posterior hacia arriba.

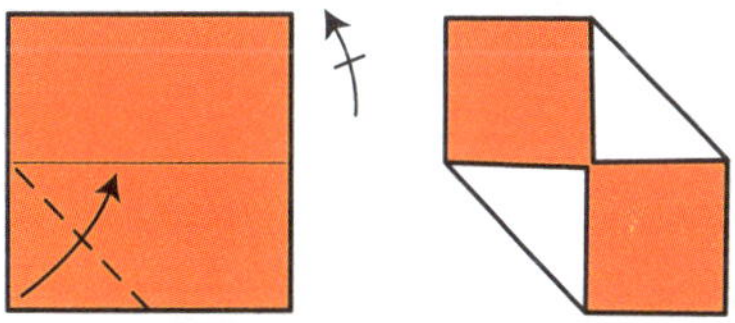

Repetir el/los pliegue/s: repetir las indicaciones de pliegue de la miniatura en cuestión o de la que le precede en el lado opuesto de la pieza.

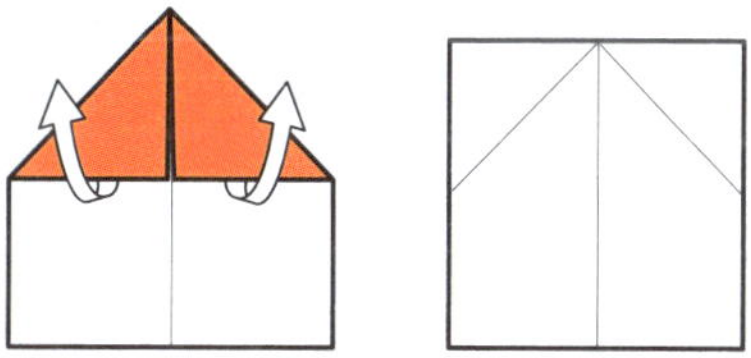

Levantar o abrir los pliegues: desplegar las partes dobladas del papel.

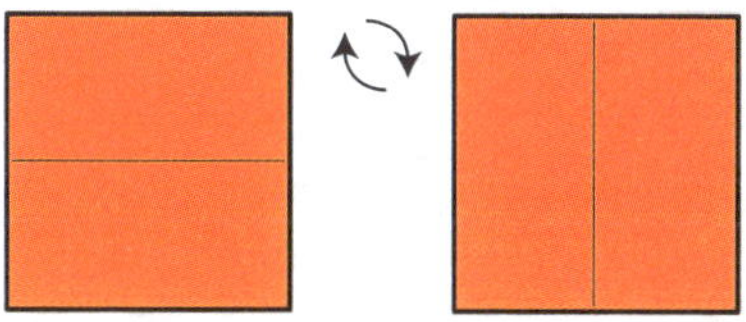

Rotar el modelo 90°: girar el modelo 90° entorno al eje central sin levantarlo.

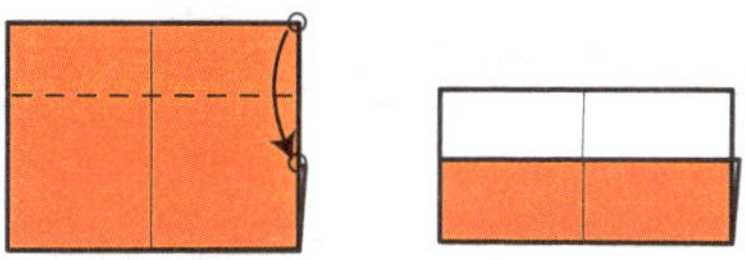

Plegar hasta la marca: doblar llegando exactamente al punto indicado.

ABREVIATURAS Y SÍMBOLOS

aprox.	aproximadamente
cda(s).	cucharada(s)
cdta(s).	cucharadita(s)
g	gramo
ml	mililitros
ø	diámetro

CRÉDITOS DEL TEXTO Y LAS ILUSTRACIONES

Textos:
Delphin Verlag: vías 32, 33, 42, 49, 63, 70, 75, 81 y 92, así como la introducción a las vías 5, 8, 15, 19, 24, 30, 35, 40, 47, 55, 61, 64, 69, 87 y 90
Iris Warkus: prefacio y todos los otros textos.

Vías creativas y de productos de bienestar y limpieza:
Evi Binzinger: vía 69; Sandra Catherine Breiter: vía 19; archivo de Delphin Verlag: vía 64; Nina Engels: vía 41; Anita Fischer: vía 87; Dr. Claudia Lainka: vías 8, 40, 47 y 78; Sabine Lauster: vía 61; Michael Sauer: vía 21; Jessica Stuckstätte: vía 35

Recetas:
Susanne Grüneklee: vía 90; Gabrielle Jouet: vía 30; Maja Nett: vía 15, Annerose Sieck: vía 55

Ejercicios de yoga y taichí:
Dr. Thomas Methfessel: vía 24; Barbara Klein, Jutta Schuhn, Michael Sauer, Sylvia Winnewisser: vías 45, 65 y 94

Dibujos para colorear:
Tannaz Afschar: vía 77; Thorwald Spangenberg: vías 5, 13, 22, 31, 43, 51, 57 y 83;
Mia Steingräber: vía 97

Fotos:
Ullrich Alber: vía 61; Sandra Catherine Breiter: vía 19; André Köhl: vía 69; Nils Nienhagen: vía 87; Maren Stöver, Cutter & Soul: vía 35; © esolla – Fotolia.com: vía 81; Diseños de Tirachard / Freepik: prefacio abajo dcha.

Ilustraciones y fondos:
Fotolia.com: © Galyna Andrushko, © Jürgen Fälchle, © KatyaKatya, © locotearts, © marylia17, © ivan mogilevchik, © monamonash, © Naturestock, © pomah, © sunnyfrog, © tanawatpontchour

Diseñado por Freepik.com: © Bakaro15, © Borjandreu, © Creativeart, © Designerhrenov, © Designertale, © Freepik, © Kjpargeter, © Lapetiteprune, © Starline, © Terdpongvector, © Irina_Timofeeva, © vvstudio